KB125700

찌그러져도
동그라미입니다

찌그러져도
동그라미
입니다

김창완
에세이

웅진 지식하우스

세상은 원래 어마어마한 것이고,
모르는 것투성이인 게 당연하지요.

매일 아침 자전거를 타고 홀연히 나타나는 푸근한 아저씨가 짐짓 아무렇지 않게 건네는 속 깊은 위로. 고단한 삶에서 길어 올린 깨달음의 말들이 어느 현자의 가르침보다 부드럽게 마음에 스며든다. 허허 웃으며 다시 인생의 페달을 밟는 아저씨, 우리 내일 또 만나요.

— 가수 이적

대한민국 모든 뮤지션에게 김창완 선생님은 음악과 말 그 자체다. 선생님께서 진행하는 라디오를 부지런히 듣고 싶었지만, 그러지 못했기에 이 책이 더욱 반갑게 느껴진다. 23년 동안 전국 아침에 창을 내어주신 선생님의 말씀이 차곡차곡 담겼다. 이 책과 맞이할 수많은 아침이 손에 잡힐 듯 그려진다. 아저씨, 사랑해요!

— 가수 최정훈(잔나비)

뾰족했던 하루를 긴 타원으로 채점해주는 우리의 산 할아버지.

– 가수 이찬혁(악뮤)

아침에게 그를 빼앗겼다고 오해한 적이 있었다. 내가 사랑하는 그의 영혼은 짙은 쪽빛이거나 먹빛에 가까운 것인데, 다사롭고 다정하기만 한 것이 아닌데. 아침이면 으레 그의 목소리에 귀를 기울이면서도 고개를 갸웃하던 때가 있었다. 하지만 정작 그는 한순간도 고여 있지 않았다. 유유히 흐르며 시간과 세월, 생각과 사유, 말과 음악 사이를 자유롭게 오간다. 이내 사라졌다가도 끝내 선연히 드러나는 물빛의 그림이 이 책에 가득하다.

– 시인 박준

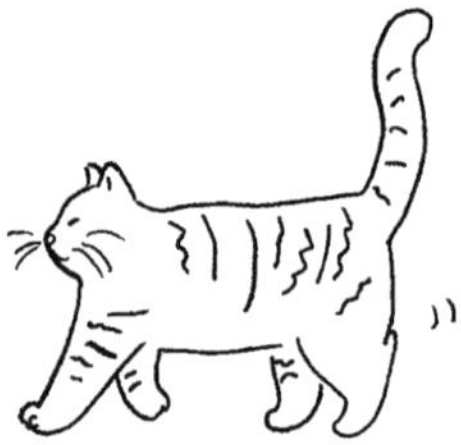

부디 안녕하시길

제 마음이 시린가 봅니다.

따뜻한 말 한마디 전하고 싶고

체온이 느껴지는 글을 띄우고 싶었습니다.

이런 지 오래됐습니다.

너무 멀리 온 건 아닐까?

이미 늦어버린 건 아닐까?

삶을 가지런하게 만들어주기보다

오히려 두서없이 흩트려놓은

시간이 남긴 자국을 책으로 엮었습니다.

혹시라도 위로가 된다면 기쁠 것 같습니다.

길고양이가 밥 달라고 왔네요.

그럼 읽고 계세요.

– 2024년 2월, 김창완

차례

회사 생활이란 것도

47일 근무 중에 이틀이 동그라면

동그란 것입니다.

너무 매일매일에 집착하지 마십시오.

그렇다고 동그라미를 네모라고 하겠습니까,

세모라고 하겠습니까?

그저 다 찌그러진 동그라미들입니다.

찌그러져도
동그라미
입니다

기분은 날씨 같은 것이라고

어떤 날은 아침에 눈이 번쩍 떠지는 게 힘이 펄펄 나는가
하면 또 어떤 날은 몸이 진흙으로 만들어진 것 같은 때가
있습니다. 몸이 힘들면 마음이 가라앉기 마련입니다. 그
러나 그것 때문에 불행하다고 생각할 필요는 없습니다.
그냥 날씨 같은 거라고 여기면 되는 거예요. 바람 불다,
비가 오다 그러다 햇살이 비추기도 하는 거거든요. 또 그
러다 흐리기도 하고.

찌그러졌다고 실망할 것도 없지요

저는 거의 매일 동그라미를 그립니다. 라디오 오프닝 멘트를 읽고 나면 원고 뒷면에 그리지요. 제법 그럴듯한 원이 될 때도 있지만 대부분은 찌그러진 동그라미입니다. 그럼 종이도 아깝고 하니 몇 번 더 그리고 다른 이면지에 또 그려요. 정말 수도 없이 그리는데 단 한 번도 흡족한 동그라미가 그려진 적이 없습니다. 가끔 스태프나 기술 팀 막내한테 보여줘요. 그럼 다들 "와~, 진짜 똥그래요." 하면서 환호해줍니다. 그게 격려라는 걸 잘 알지요. 그래서 더 완벽한 동그라미에 도전하는 계기로 삼습니다. 제가 그렇게 수없이 찌그러진 동그라미를 그리며 배우는 게 많습니다.

우선은 완벽에 관한 환상과 실제가 이렇게 차이가 크구나 하는 거예요. 오늘 또 재수떼기하듯 동그라미를 그

려볼 거예요. 또 찌그러져 있겠지요. 저의 하루를 닮았을

거라 생각합니다. 실망할 것도 없지요.

오늘 하늘에서 어제 하늘을 찾지 않기

어제는 하늘이 정말 푸르고 맑았는데, 오늘 목동 하늘은
어제와 비슷하지만 약간 더 뿌옇네요. 하늘을 쳐다보다
이런 생각이 들었습니다. 오늘 하늘을 보면서 왜 어제 하
늘을 찾고 있는 걸까? 물론 어제 아침 하늘이 워낙 예뻐
서 다시 보고 싶은 마음이야 있었지만 어제 하루가 행복
했다고 오늘도 그걸 찾는 건 좀 어리석은 일 아닌가 하는
생각요. 물론 반대의 경우를 떠올릴 수도 있어요. 어제
무척 괴로운 일이 있었다고 쳐요. 그래서 오늘 아침에 눈
뜨자마자 그 생각이 났다 하더라도, 오늘도 망한 날이다
하기보다 오늘 또 오늘의 태양이 떴구나 하는 게 맞지 않
을까요? 아침부터 별것 아닌 거에 마음이 기울었습니다.

세상에 잡초는 없습니다

얼마 전 친구가 배울 게 많은 글을 보내줬어요. 아무리 좋은 글이라 해도 '맞는 말이긴 하다. 그래, 뭐 한 자라도 더 배운 사람이 낫겠지.' 하면서 넘기게 되잖아요. 근데 그냥 지나쳐버리기에는 뭔가 울림이 있었어요.

잡초에 관한 얘기였는데요. 고려대 강병화 교수가 17년간 전국을 다니며 채집한 야생 들풀 100과 4,439종의 씨앗을 모아 종자 은행을 세웠다고 소식을 전하면서 "엄밀한 의미에서 잡초는 없습니다. 밀밭에 벼가 나면 잡초고, 보리밭에 밀이 나면 또한 잡초입니다. 상황에 따라 잡초가 되는 것이지요. 산삼도 원래 잡초였을 겁니다." 이런 말을 덧붙였더라고요. 그러니 스스로 잡초라 할 일이 아니네요. 용기를 갖자고요.

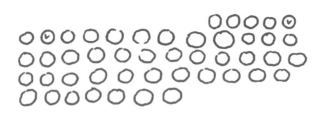

1장 찌그러져도 동그라미입니다

20
21

그저 다 찌그러진 동그라미입니다

어느 날 라디오에 직장 생활 스트레스로 살이 빠졌다는 사연이 왔습니다. 뼈가 드러나게 살이 빠졌다니 제가 다 안쓰러운 기분이 듭니다. 근데 너무 예민해서서 그런 것 같아요. 완벽주의거나요. 세상살이라는 게 그렇게 자로 잰 듯 떨어지지 않습니다. 좀 여유롭게 생각하세요. 제가 지금부터 동그라미를 여백이 되는 대로 그려보겠습니다.

마흔일곱 개를 그렸군요. 이 가운데 v 표시한 두 개의 동그라미만 그럴듯합니다. 회사 생활이란 것도 47일 근무 중에 이틀이 동그라면 동그란 것입니다. 너무 매일매일에 집착하지 마십시오. 그렇다고 동그라미를 네모라고 하겠습니까, 세모라고 하겠습니까? 그저 다 찌그러진 동그라미들입니다. 우리의 일상도.

새벽 빗소리에 잠에서 깨어

새벽 빗소리에 잠에서 깨어 방에 불을 켜고 앉아 있는데
너무 할 일이 없는 거예요.

그래, 습관처럼 기타를 퉁기는데 잘 시간에 일을 시켜
서 그런가 머릿속에서 멜로디가 가물가물해요. 그래도
별수가 없어 빗소리에 섞어서 기타를 치다 내려놓고 가
만히 생각해보니 혼자라는 게 이토록 끔찍한 걸 잊고 살
았구나 싶었습니다.

라디오 청취자 사연 중 추석 맞아 혼자 계신 어르신들
한복 지어서 갖다 드린다는 골무라는 모임 이야기가 있
었어요. 진짜 좋은 일 하신다 싶었습니다. 자식들 다 떠
나고 아내, 남편마저 잃은 외로움의 덩어리 같은 분들이
얼마나 많겠어요. 그런 분들에게 비 내리는 소리라도 없
다면 밤의 적막이 얼마나 무거울까 싶었습니다. 오늘 일

해야 해서 다시 잠을 청하는데 잠은 안 오고 아침이 왜

그렇게 먼지…. 그래도 오긴 오더군요.

지루함을 거치지 않고 도달할 곳

뭐 하나 하면 꾸준히 하는 사람도 있고, 금세 싫증을 내서 다른 걸 찾는 사람도 있잖아요. 오죽하면 공부도 머리가 아니라 엉덩이로 하는 거라고 했겠어요. 일단은 진득하게 앉아 있는 게 습관이 돼야 공부고 뭐고 한다는 얘깁니다. 저도 어렸을 때 끈기라고는 진짜 약에 쓰려고 해도 없는 사람이었습니다. 늘 뭔가를 찾아다녔던 것 같아요. 근데 크면서 그게 일생에 도움이 안 되는 걸 느꼈습니다. 지루한 뭔가를 지나지 않고서 할 수 있는 것, 도달할 수 있는 곳은 없더군요.

아프면서 사는 거예요

보통 방송국 구내식당에서 아침을 먹지만, 종종 오다가 다 들르는 오래된 식당이 하나 있어요. 그 집 주인 아주머니가 몇 년 전에 무릎 수술을 하셨는데, 아직도 많이 불편하신가 봐요. 절룩절룩하면서도 얼마나 일을 많이 하시는지…. 그 집이 워낙 손님이 많거든요. 엊그제도 갔는데 저희 어머니 안부도 물어보시고 살갑게 대해주셨어요. 늘 한결같은 모습이어서, 큰 희망은 아니어도 하루 살아내기에 거뜬한 희망을 한 그릇 먹고 나옵니다. 나오며 "그렇게 아프셔서 어떡해요?" 했더니 "아프면서 사는 거예요." 그러시더라구요. 며칠이 지났는데도 그 말씀이 되울립니다. 고통을 품을 수 있는 인내와 그걸 뛰어넘는 지혜의 한마디가 아닐 수 없습니다.

마음 좀 쉬게 놔두세요

엊그제 누가 묻더군요. "이제 추위는 다 갔겠지요?" 하고요. "네, 이제 곧 꽃 필 텐데, 다 갔겠지요." 하면서도 자신이 없었어요. 꽃샘을 내서 또 추운 날이 올지도 모르지 하는 마음도 있었지만, 사람마다 느끼는 정도가 다르니 딱 부러지게 "다 지나갔습니다." 하고 시원하게 말을 못 맺었어요.

그리고 돌아서 생각하니 이런 것도 혹시 '정답 노이로제' 아닐까 싶었습니다. 그저 내 느낌, 내 생각을 얘기하면 되는데 괜히 쭈뼛거렸구나 했습니다. 요즘 세상이 시끄러우니까 불안해하시는 분이 많아요. 저절로 스트레스가 쌓인다고 하시더라고요. 앞의 날씨 얘기와 마찬가지로 '다 지난겨울인데 추워봐야 얼마나 춥겠어.' 하는 마음보다 '또 추워지면 어쩌나. 정답이 아니고 틀리면 어쩌나.' 하는 불안을 떨쳐버리질 못하는 거지요. 잠시라도 마음을 좀 쉬게 놔두세요. 억지로라도.

자동차인지 나인지

집에서 쓰던 근 20년 된 세탁기가 고장이 나서 바꿨습니다. 버리려고 내놓은 헌 세탁기가 현관문 옆에 있는데 먼지가 뽀얗게 앉아 있더군요. 세탁실 구석에 틀어박혀 수도 없이 빨래를 해대면서도 정작 자신은 닦아본 적이 없는 거지요. 사람살이도 다 저와 같겠단 생각이 들었습니다. 오죽하면 "대장장이 집에 식칼이 놀고, 미장이 집에 구들장 빠진 게 3년 간다."라고 하겠어요. 그저 남 치다꺼리하다 보니 나 돌볼 틈이 없었다는 거지요. 엄마 주름살이 눈에 들어올 때쯤 돼야 조금 철이 들지 않아요? 저 주름살, 내가 조금 보탠 거 아닌가 하고 뜨끔해집니다. 새로 들어온 놈이랑 비교해보니 이건 흰색이라기보다는 노란색이라는 게 나을 정도로 색도 바랬습니다. 노란 기가 세탁기 주름살로 보였습니다. 괜히 뜨끔하데요.

저희 집 자동차도 스물두 살인데요. 얼마 전 정기 검사가 있어서 끌고 갔어요. 나이 먹었으니 여기저기 아픈 데가 많겠지 하고 갔는데 신경통 좀 있고 유해가스가 아슬아슬한데 겨우 통과는 했어요. 근데 진찰받는 동안 고생을 했는지 안 들어오던 경고등이 들어오더라고요. 병원 갔다 병 얻어 왔네 쓸쓸해하다가 며칠 뒤 정비소에 가서 증상을 얘기했더니 대뜸 "여기도 안 좋고 저기도 안 좋지요." 하면서 워낙 연식이 있으니 다 고치고 갈고 할 일은 아니라고 하더군요. "그렇죠." 하고 씩 웃으니 정비사도 같이 씩 웃으며 저를 보더군요. 차 얘기를 하는데 나를 보고 웃는 것 같은 건 왜일까요. 이런 게 자격지심이지요?

지나쳐서 망치지 않게

얼마 전에 집에서 국수를 말았어요. 뭐, 요리랄 거나 있나요? 그냥 집에서 담가놓은 물김치에 국수 삶아서 넣고 참기름이랑 누가 안 볼 때 설탕 슬쩍 넣고 고춧가루 어디서 훔쳐다 살짝 뿌리고 그러는 건데, 그것도 맛있다 소리를 듣고 싶은 거예요. 그래, 넣는다고 넣었는데 설탕이 너무 들어갔어요. 욕심을 너무 뿌린 거지요. 도대체 과유불급이란 말이 몇천 년 전에 만들어졌는지 몰라도 그 말을 따르기가 여전히 쉽지가 않구나 하고 생각했습니다. 그나마 국수 말이로 끝나면 다행이지요. 지나쳐서 망가지는 일이 한두 가지겠어요? 지나친 기대 안 하고 오늘 하루 지내보려고 합니다.

기타는 늘 최고의 소리를 준비하고 있었구나

제가 '아니 벌써'보다, '내 마음에 주단을 깔고'나 '기타로 오토바이를 타자'보다 더 많이 연주한 게 있다면 베토벤의 '월광'입니다. 진짜 밥숟가락 내려놓으면 연주했다 해도 과언이 아닐 정도로 연습하는데요. 아직 단 한 번도 흡족한 연주를 한 적이 없어요. 어제도 저녁 먹기 전에 연습을 하는데 또 틀리는 거예요. 잠시 기타를 내려놓고 호흡을 가다듬었습니다. '바본가? 재주가 메준가? 잡념이 왜 이렇게 많지?' 별생각이 다 들어요. 한숨을 들이쉬고 내쉬고 하다가 '좋다, 다시 해보자.' 하고 기타를 잡고 퉁기는데, 아름다운 소리가 나오는 거예요. 그 소리에 취해서 치다가 또 틀리긴 했는데요. 한 가지 희망을 찾았어요. 기타는 늘 최고의 소리를 낼 준비를 하고 있었구나 하는 거예요. 거기서 끝난 게 아니고요. 내 주변의 모든 사람이 이 기타 같구나 하고 느꼈지요. 나만 잘하면 훌륭한 하모니를 내줄 사람들로 꽉 차 있구나, 이게 얼마나 큰 희망입니까?

걱정은 안개를 닮았습니다

오늘 아침에는 진짜 코앞이 안 보일 정도로 안개가 짙게 꼈어요. 제가 집에서 나올 땐 해 뜨기 바로 전이니까 더 새카맣지요. 1년 사시사철 타고 다니는 자전거를 끌고 나왔습니다. 며칠 전 타이어에 바람도 넣었는데, 그래도 혹시 모르니 바퀴를 다 만져봤어요. 빵빵하더라고요. 언덕도 조심해서 내려왔습니다. 근데 생전 안 하던 걱정이 생겼어요. 자전거 길이 찻길하고 가까운 데도 있고 뭐 도저히 차 잡기 힘들 만큼 멀어지기도 하거든요. 그 생각이 드니까 올림픽도로랑 나란히 달리는 길로 못 가겠는 거예요. 거기로 가다가 혹시라도 얼마 전처럼 체인 빠지면 어디 차 잡을 데도 없어요. 한번 그런 생각이 드니까 계속 '여기서는 고장 나도 괜찮다.' '어? 여기서 고장 나면 이거 진짜 망한다.' 한참 불안한 마음으로 쓸데없는 생각만 하면서 가다 '이제 여기까지 왔으니 뛰어서라도 가면 된다.' 하면서 별일 없이 도착했습니다.

가만 보니까 걱정이 안개를 닮았더라고요. 코앞에서 눈을 가리지만 한 발자국만 내딛어도 사라져요. 걱정거리가 있으면 없는 셈 치고 발걸음부터 떼세요. 걱정은 내 마음의 배신입니다.

대단히 뜨거울 필요 없는

며칠 안 됐지요. 보일러 고장 나서 집 안에서 텐트 치고 자고 AS 기사님 기다리면서 〈아름다운 이 아침 김창완입니다〉(이하 〈아침창〉) 들으신다는 사연을 읽었어요. 오늘 아침 밥집에서 뜨끈한 국물을 뜨는데 속이 풀린다는 게 실감 나더군요. 문득 희망의 온도라는 게 뭐 대단히 높아야 되는 게 아닌지도 모르겠다는 생각이 들더군요. 견딜 만하네, 춥지는 않네 하는 정도면 충분히 희망을 가질 수 있지 않을까요? 희망이 그렇다면, 마찬가지로 사랑이나 온정도 뭐 대단히 뜨거울 필요는 없는 거지요. 직장 떨어진 아들 아침은 잘 먹었나 궁금하면 그게 사랑이고, 버스 정류장 앞의 붕어빵 아저씨 장사 잘되냐고 한마디 건네는 것도 온정이지요. 식은 숭늉 같은 미지근한 사랑도 사랑은 사랑입니다.

사는 게 별거냐

오늘은 좀 이상한 날이에요. 뜬금없이 이런 생각이 들었어요. '그래, 사는 게 별거냐? 후회할 수도 있지. 괜히 그랬구나 싶은 일도 할 수 있고 사랑이 떠나갈 수도 있지. 안 그러면 세상에 그렇게 많은 사랑 노래가 생기기나 했겠나?' 가만 생각해보면 틀린 말도 아니잖아요. 그런데 왜 그렇게 아침마다 각오를 새롭게 하고, 오늘은 제발 재수 좋은 하루가 됐으면 하고, 오늘은 부장님, 사장님한테 꼭 칭찬받아야 할 것 같고, 인생에 파란 신호등만 켜졌으면 하는 거예요?

최선의 방어는 공격이라고, 오늘에게 먼저 도전하는 거예요. 좀 삐딱하게 시작됐어도 그러려니 하고, 출발이 어정쩡했어도 그럴 수도 있지 하고 호쾌하게 시작하는 거예요. 그까짓 거 하고요. 괜찮은 것 같지 않으세요?

우리가 너무 멀리 온 것은 아닐까

현대인은 너 나 할 것 없이 다 현대 문명의 혜택을 받는 다고 봐야지요. 척하면 하늘을 날아 제주도도 가고, 은행 안 가도 결제 척척 할 수 있고. 은행이 뭐예요. 클릭 한 번이면 장도 죄 봐주는데.

얼마 전 하도 더워 물을 끼었고 선풍기를 쐬고 누웠는 데 에어컨처럼 당장 입이 시원한 콜라 맛은 아니더라도 우물물 정도는 되더라고요. 수돗물하고는 달라서 우물물 은 여름엔 시원하고 겨울엔 미지근합니다. 냉장고 없던 시절엔 수박 사면 우물물에 띄웠잖아요. 시원해지라고. 하여간 선풍기 바람에 옛날 원두막 생각이 나는데, 불쑥 우리가 너무 멀리 온 것은 아닐까 싶더라고요. 선풍기, 부채로도 거뜬히 여름을 났는데.

제가 어렸을 적 추석 때 큰집에 가면 군불 땐 냄새가

낮어요. 추우니까 큰아버지께서 방마다 불을 때놓으셨던 건데, 이젠 추석이 거의 여름 날씨니 기후가 변하긴 많이 변했어요. 애길 꺼내놓고 보니 저도 그냥 주워들은 대로 말하는 것 같네요. 기후변화나 대기오염, 바다의 쓰레기, 나아가 우주의 쓰레기…. 얼마나 험한 이야기가 많아요. 말로만 기후변화 얘기할 게 아니라 우리 아이들의 미래를 생각한다면 정말 어떻게 지구인들이 머리를 맞대야할까, 어떤 삶으로 돌아가야 하나, 돌아갈 길은 있는가 걱정됩니다.

깨끗한 공기가 선물이 될 줄 누가 알았겠어요. 놀이터에서 마스크 쓰고 노는 어린애들 보면 참 안타깝습니다. 착하기도 하지. 쓰라니까 쓰고 있지만 한창 뛰어노는 아이들이 얼마나 숨차겠어요. 마스크 끼고 계단 3층만 올라가도 숨이 막히는데. 하여간 환경문제는 우리 세대가 반드시 풀어야 할 숙제입니다.

하루하루를 아름답게 살아가는 일

어느 날 라디오에서 돌아가신 할머니를 잊지 못해 괴롭다는 사연을 봤어요. 할머니가 돌아가신 지 453일째인데 그렇게 하루하루를 꼽으며 할머니 생각에 빠져 있다는 겁니다. 저는 사랑하는 사람을 잃고 생각이 끊이지 않는 점은 충분히 이해합니다. 왜냐하면 저도 막냇동생을 잃고 적어도 5년은 그런 세월을 보냈으니까요.

이제 세월이 꽤 흘렀지만, 저희 드러머, 산울림 막내 김창익이 눈길에 사고를 당해 세상을 떠났을 때 〈아침창〉 마치고 부랴부랴 캐나다로 갔는데 동생을 데려간 눈은 그사이에 다 녹아 흔적도 없는 거예요. 어디 찾을 길도 없는 눈이 얼마나 원망스럽던지….

그러나 이제는 다 극복했습니다. 삼 형제가 함께 찍은 사진이 제 책상 위에 놓여 있습니다. 사진을 힐끗 보니 가슴에 또 틈이 벌어집니다. 아픕니다. 그러나 다시 웃습니다. 왜냐면 막내는 아직 저와 함께 있기 때문입니다. 이 말은 인디언의 지혜에서 빌려 왔습니다. 인디언들은 진짜 사람이 죽는 것은 그 사람을 기억하는 모든 사람이 죽을 때라고 믿는답니다. 그분이 할머니를 잊지 않는 한 할머니는 그분 가슴에 살아 있는 것이지요. 우리 또한 누군가의 기억 속에 남아 있으면 하늘나라로 간다 해도 진정으로 죽는 것은 아닙니다. 아름다운 추억으로 남은 사람을 애태우며 잊으려 노력할 필요가 없습니다. 향기로운 그들을 가슴에 품고 하루하루를 아름답게 살아가면 그만입니다.

고양이 같은 봄이 달려듭니다

닭 잡으러 가는 고양이 동영상을 본 적이 있는데요. 얼마나 살금살금 가는지…. 풀잎을 스치는 바람 소리도 들릴 만큼 조심스럽게 다가가더군요. 그러다가도 닭이 조금이라도 낌새를 챌 것 같으면 바로 얼음이 돼요. 숨도 참는 것 같더라고요. 침 삼키는 소리가 들릴 정도로 긴장된 순간이 지나고 지척이 되면 확 덮치는데요. 봄이 꼭 닭 잡으러 오는 고양이처럼 다가옵니다. 아직 달려들지는 않았지만 곧 "잡았다." 하고 외칠 거예요. 그러면 천지 사방이 다 놀라서 진달래, 개나리 화들짝 피고 벚꽃 휘날리며 꽃들이 난장을 부리겠지요. 그렇게 푸닥거리를 하고 나면 초록이 내려옵니다.

예전에는 봄의 초입에 춘궁기가 있었습니다. 묵은 곡식은 다 떨어지고 햇곡식은 아직 익지 않아 식량이 궁핍

한 봄철이 춘궁기죠. 아닌 게 아니라 저도 어렸을 때 하늘이 노르스름했던 기억이 있습니다. 영양실조였어요. 한약방에 갔더니 번데기 사 먹으라고 하더라고요. 그것 먹고 헛배도 가라앉고 나았지요. 봄날 하면 저는 아직도 그 어지럼증과 함께 노란 은행잎 색깔의 하늘이 떠오릅니다.

이제 날 따뜻해지니까 얼마나 좋은지. 물론 기억력 감퇴도 한몫하겠지만 모질게 추웠던 지난겨울도 다 용서가 되네요. 4월을 잔인한 달이라고 저주를 퍼붓던 T. S. 엘리엇의 말에 수긍도 하지만, 누가 뭐래도 봄이 좋아요. 꽃 피기 전인데도 이렇게 좋은데, 꽃 피기 시작하면 어유 혼절하는 거지요. 정신 줄 잘 잡고 있어야 될 것 같아요. 그러고 보니 봄에는 외로울 틈도 없는 것 같아요. 그것만으로도 얼마나 다행이에요.

숨은그림찾기

한겨울에도 또박또박 주말이 왔지만 얼어붙은 주먹밥을 손에 쥔 느낌이었습니다. 봄날의 주말은 공짜로 얻은 남행 열차표를 꺼내 보는 기분입니다.

모든 비범함은 무한 반복에서 나온다고 합니다. 오프닝을 매번 쓰는 것도 그래요. 그 아침이 그 아침이지요. 뭐, 하루아침에 달라지겠습니까? 이거 흔히 하는 말이잖아요. 맞아요. 어제 아침하고 오늘 아침이 달라야 얼마나 다르겠어요. 근데요. 뒤집어보면 거의 찾을 게 없으니까, 눈을 씻고 찾아봐도 차이를 모르겠으니까 거기에 또 묘미가 있는 걸지 몰라요. 숨은그림찾기지요. 날이 풀려서 좋은 게 있는데요. 차 타도 좋고 자전거도 물론 좋고 오토바이도 좋아요. 어슬렁거리며 걸어 다니는 것도 좋지요. 그때마다 보는 게 달라요. 오늘은 뭐가 눈에 걸리려나? 무심히 던지는 찌 같은 눈길에 봄이 입질을 하면 그거 손맛이 기막힐 것 아니에요.

어떤 이에게는 이 봄이 더디게 오는 것처럼 보일 수도 있고 또 반대일 수도 있겠지요. 컵에 물이 반쯤 담겨 있는데 그걸 보고 한 사람은 "반밖에 안 남았네."라고 하고 또 다른 사람은 "아직 반이나 남아 있네."라고 한다잖아요. 뒤에 말한 사람이 더 낙관적으로 세상을 보는 거라고 하는데, 글쎄요. 뭐, 꼭 그렇겠어요? 같은 사람도 어떨 때는 이렇게 보이고, 또 상황이 달라지고 처지가 바뀌면 다르게 보이겠지요.

똑같은 얘기 같아도 봄을 기다리는 것과 겨울이 가기를 바라는 마음은 좀 다른 것 같아요. 저도 다치거나 아파서 병원 신세를 진 적이 많은데요. 몸이 아프잖아요. 그러면 통증이 없기만을 바라게 돼요. 안 아픈 날에 희망을 거는 건 공상이에요. 일단 지금 당장은 아프니까요. 그렇게 기다려서 통증이 사라진 봄이 오지요. 그러고 나면 아프던 겨울은 저절로 잊게 됩니다. 이제는 더 춥지 않을 거예요. 더 아픈 날이 없을 거라고요. 진짜 봄입니다.

고양이는 한 수 위

나 참. 고양이한테 간택받는다잖아요. 고양이님께 밥을 줄 수 있는 영광을 얻는다는 뜻입니다. 뭐, 그냥 고양이 하는 짓이 예뻐서 지어낸 말이겠지만, 좋고 말고가 있다는 게 귀엽기도 하고 신기하기도 합니다.

저희 집은 고양이와 새들이 먹고 갈 수 있게 밥과 물을 두는데요. 저는 일찍 나와서 잘 못 보는데 저희 집에 동냥하러 오는 고양이 아침 식사 시간은 오전 9시래요. 낮엔 바쁜지 거를 때가 많은데 저녁은 또 꼬박꼬박 챙겨 먹는대요. 저녁 시간은 4시라네요. 저도 낮에 시간이 비면 고양이 밥 먹는 걸 두고 보는데요. 희한한 게 걔들 하는 건 고작해야 와서 밥 먹는 거 딱 그거 하나예요. 저희 동네 고양이는 죄다 말이 없어요. 과묵형이에요. 밥 달라고 와서도 한마디를 안 해요. 밥그릇에서 조금 떨어져서 눈을 끔뻑끔뻑하면서 기다려요. 줄 때까지 입 꾹 다물고 그냥 앉아 있어요. 그러다 기다리는 시간이 좀 길어진다 싶으면 말없이 사라져요. 그러니 밉다 곱다 지지고 볶을 일도 없지요.

그런데 문제는 기다린다는 거예요. 가만히 보면 제가 늘 기다려요. 고양이도 기다리는지는 잘 모르겠어요. 대꾸조차 없는 애들이니까. 하여간 아침에 일어나 커튼을 젖히면서도 고양이 자리를 제일 먼저 봅니다. 밥그릇이 비워졌나를 봅니다. 혹시 오려나 담장 쪽을 훑어봅니다.

고양이는 확실히 한 수 위입니다. 어쩌다 이런 신세가 됐는지 저는 몰라도 고양이는 알고 있을 것만 같습니다.

꼭 살맛 나야 사는 건 아닙니다

먹다 남은 김치찌개를 데우다 그런 생각을 했습니다. 옛
날에 보온 밥솥이 있었나요? 가스레인지가 있었나요? 겨
울철 식구들이 늦게 들어오면 밥은 이불 밑에 묻어두고
찌개나 국은 부뚜막에 올려놨습니다. 식지 말라고. 한데
서 들어온 식구는 그 따뜻한 밥상에서 부모님의 기다림
이나 정성을 먹었습니다. 학창 시절엔 종종 이런 말을 했
습니다. 입맛 없으면 밥맛으로 먹고, 밥맛 없으면 입맛으
로 먹으라고요. 먹는 것만 그런 게 아니죠. 꼭 살맛 나야
만 사는 것도 아닙니다. 살다 보면 그게 인생의 맛이죠.

모든 걸 만족시킬 하나는 없다는 걸

너무 바빠 가족과 함께 보낼 시간이 없어 고민이라는 청취자가 있었습니다. 연중 대부분을 해외 출장으로 보낸다고 하더군요. 사연을 정말 열 번 넘게 읽어보았습니다. 자꾸 읽으면 무슨 해결책이 보일까 싶어 여러 번 읽어봤지만 거듭 읽어도 점점 오리무중이 되더군요. 곰곰이 원점으로 돌아와 생각하니 직장, 나의 꿈, 행복한 가정, 연봉, 능력, 육아, 아내에 대한 미안함, 고마움 이런 모든 것이 개별적으로 분리할 수 있는 게 아니라는 생각이 들었습니다. 결국 모든 걸 만족시킬 답은 없다는 것이고, 모든 것의 원인이 되는 단 하나의 사건도 없다는 것입니다. 그 청취자는 모든 문제의 원인으로 '1년에 2백일 이상 해외 출장'을 지목했는데요. 그것은 복잡하게 얽혀 있는 가족 내 문제 중의 아주 일부일 수도 있습니다. 비중 있는 문제일 수는 있으나 아내 또 아들과 딸이 능히 극복할 수 있는 일일 수도 있습니다. 아빠, 남편으로서의 고민을 가족과 함께 나눈다면 가족이 흔쾌히 그 짐을 나누어 짊어져줄 거라고 확신합니다.

뒤돌아보지 않는다

'뒤돌아보지 않는다.'는 거의 저의 좌우명입니다. 아무리 기쁜 일이라도 두고두고 빨 사탕도 아니려니와 슬픈 일이라고 해도 오늘도 슬프고 내일도 슬프고 그것 때문에 인생을 저당 잡혀가며 청승 떨 일은 아니라는 생각 때문입니다.

근데 그게 어디 마음대로 되나요? 자꾸 미련이 생기고, 즐거웠던 기억은 곰탕 끓이듯 우려먹게 되지요. 하긴 사람이 전자 기계도 아니니 켜면 불 들어오고 끄면 꺼지는 게 아니잖아요. 껐는데도 조금 불씨가 남아 있는 것 같을 수도 있고, 켰는데도 이게 불이 들어온 건지 알쏭달쏭할 때도 있잖아요. 썸 타는 마음이 그렇잖아요. 사랑의 불이 켜질락 말락 하는 기묘한 상태요. 그것도 귀엽지요. 어떻게 보면 애매한 거나 후회하는 거 이런 게 또 인간적

일 수도 있어요.

　카르페디엠이니, 욜로니, 하루주의니 오늘을 살자 하는 부추김, 지금 당장 행복해져라 하고 주문을 외우는 구루들이 수두룩합니다. 과거는 지나갔고 미래는 아직 오지 않았다고 하면서요. 현재를 즐기고 잘 살아야 한다는 데 토 달고 싶지는 않지만 어제가 몽롱하고 내일이 의심스러운 것만큼 지금도 안갯속 같은 건 마찬가지입니다. 눈앞의 것만 보면 현재가 다지요. 하지만 우리에게는 더 큰 세상인 과거라는 추억과 미래라는 희망이 있습니다.

뭐 해

"뭐 해?"

친구가 아침에 보내온 문자입니다. 지금 잠이나 깼냐고 묻는 말이기도 하고, 주말인데 특별한 거 없으면 만나서 놀까 하고 옆구리를 찌르는 암호이기도 합니다. 거기에 답글을 적습니다. "별 볼 일." 이건 시간 되니까 좋은 일 있으면 '불러줘'라는 신호지요. 아침에 주고받는 이런 시답지 않은 문자가 왜 정겨운 건지.

사실 세상을 살면서 우리는 지나치게 긴장하고 예의 차리고 눈치 보고 지냅니다. 가까운 부부 사이도 그렇고, 부모 형제, 거래처, 회사 상사와도 마찬가지예요. 부딪히는 온갖 사람들 사이의 관계가 다 신경을 팽팽하게 만든다 해도 과언이 아닐 거예요. 그러니 주말 아침 마침표와 쉼표만으로도 속내가 훤히 보이는 친구와의 대화가 편한

거지요. 마음 맞는 친구 찾아보세요. 요즘은 예약이 필수

인데, 너무 늦었나?

눈앞의 세상은 어디나 궁극입니다

얼마 전 녹음이 우거진 숲을 지나다 이런 생각이 들었습니다. '온갖 벌레, 새들, 꽃들의 생명이 깃들어 있는 숲에는 코로나가 없겠지.' 물론 호흡기 질환에 숲이 시달릴 일이야 없겠지만 나무들도 스스로를 보호하기 위해 애쓴다는 글을 본 적이 있습니다. 게다가 산불이라도 나면 발이 있어요? 손이 있어요? 선 채로 불을 맞아야 하는데…. 그렇게 생각하니 수십 년, 수백 년 숙명 앞에 장엄하게 버텨온 숲의 기억이 한눈에 보이는 듯했습니다.

　매일 맛있는 햇살과 상큼한 바람과 달콤한 비뿐이었겠어요. 폭염과 습기와 곰팡이와 어둠과 가뭄과…. 숲이 견뎌야 할 일이 얼마나 많았겠어요. 지금 눈앞에 있는 세상은 어디나 궁극窮極입니다.

매미 밴드의 기다림

아침부터 매미 소리가 요란합니다. 매미가 운다고 하는데 운다기보다는 '노래하네'가 더 적절한 말 아닐까요? 수컷 매미가 암컷을 부르는 세레나데니까요. 근데 매미는 주로 낮에 우니까 세레나데도 안 어울리네요. 아무튼 눈뜨자마자 불러대는 거 보면 급하긴 급한 모양이에요.

　우리나라 참매미는 5년 있다 올라온다는데요. 땅속에 오래 있는 애들은 17년인가? 무진장 긴 세월을 땅속에 묻혀 있다 나온답니다. 찰나 같은 삶을 위해서 무수한 기다림의 시간을 보내는 매미를 보면 우리의 인내심 정도는 가냘파 보이기까지 합니다. 조금만 배가 고파도, 조금만 땀이 나도, 조금만 서운해도, 조금만 귀찮아도 '이걸 해야 되나? 이걸 참아야 되나?' 하잖아요. 초등학교부터 대학 4년까지 16년이에요. 16년을 컴컴한 땅속에서 참아야 하느니라 하면 아마 다들 기절할걸요.

아무튼 나무 그늘 아래 의자에 앉아 있는데 매미가 쌍나팔로 울어대요. 우리 때는 스테레오 전축을 쌍나팔이라고 했습니다. 이쪽 매미가 "오늘도 날씨 오지게 덥겠다. 땅속에 있을 때가 좋았네." 하고 울어대니 저쪽에서 "5년 땅속이 좋다니 자네나 들어가게. 나는 급하다. 한달 안에 애인이 생겨야 하니." 대충 통역하면 그런 얘기예요. 하여간 아침부터 대차게 울어댑니다.

한참 그 소리에 샤워를 하다, 저 소리 없으면 여름이 얼마나 더 더울까 싶더군요. 조용한 폭염! 생각만 해도 한여름에 터틀넥 입은 느낌입니다. 그런데 매미는 기온이 내려가면 아예 목청을 돋울 수가 없다고 하네요. 천지의 조화가 참 기가 막힙니다. 여름을 시원하게 나게 해주는 밴드지요.

잘하서

오늘 날씨가 좋아 부자 된 마음으로 방송국에 왔습니다. 도착해서 보니 휴대폰 문자가 서너 개 와 있더군요. '이른 아침부터 많이도 왔네. 불금이라 그런가.' 하고 봤더니 우리나라 전통 건축의 대가 신영훈 선생님의 부음이었어요. 유명한 건축가가 된 후배가 보냈더군요. 그렇지 않아도 요즘 기와지붕이 학 날개처럼 하늘로 날아오르는 한옥에 살아보면 좋겠다. 몇 년은 사치고 봄, 여름, 가을, 겨울 한 번씩만 지내봐도 좋겠다 하고 있었거든요. 얼마 전부터 손수 집 짓기가 유행이던데 한옥에 도전하는 분들도 계시더라고요. 아무튼 또 소중한 분이 세상을 떠나셨습니다.

생각난 김에 어머니한테 "방송국이에요." 하고 전화드렸더니 다짜고짜 "잘하서." 그러고는 끊어버리시더군요. 방송을 잘하라는 건지, 부모한테 잘하라는 건지. 알쏭달쏭하지만 아무튼 오늘 하루도 잘해봐야겠습니다.

아름다운 아침은 언제나 이 아침입니다

새벽에 일어나면 맨손체조를 하고, 그때까지는 희미한 등만 하나 켜놔요. 여명이 밝아오는 걸 보려고요. 체조가 끝나면 슬슬 씻고 나갈 준비를 하는데, 이 방 저 방 불을 켜면 밤새 방 안에 웅크리고 있던 어둠이 화들짝 놀라 달아납니다. 밥 몇 숟가락 뜨고, 켜져 있던 방 불들을 끄고 현관을 나서면 언제 왔는지 아침이 훤하게 마당을 쓸고 있습니다.

아침은 희망의 상징이지요. 아침이 왔다는 것 하나만으로도 우리는 어제의 후회와 못마땅함으로부터 자유로울 수 있습니다. 어제의 일에 매달려 있을 필요 없어요. 나쁜 일은 말할 것도 없고 좋은 일이라 해도 지나간 생일 파티입니다. 아름다운 아침은 그 아침도 아니고 저 아침도 아니고 이 아침입니다.

문을 열고 마음에 다가가고 싶다

"계십니까?"

빗장이 걸려 있지 않은 문을 조금 더 열면서 방문객이 집 안의 인기척을 살핀다. 녹슨 경첩에서 나는 삐거덕거리는 소리가 대문가에 누군가 왔음을 알린다. 대꾸가 없으면 조금 더 큰 소리로 "안에 아무도 안 계세요?" 재차 물을 수도 있다. 그래도 대답이 없으면 열었던 문을 닫고는 가버린다.

용무가 있는 방문객이건, 물건을 팔러 들른 행상이건, 이웃집 사람이건 방문을 하면 으레 대문 앞에서 집 안에 대고 누군가 찾아왔다는 사실을 알렸다. 문이 열려 있는 경우는 대부분 집 안에 사람이 있었다. 만일 없는 경우라도 집 근처에 있을 터였다. 대문을 열어두는 것은 아이들이 늘 들락거리기 때문이기도 했지만, 대문을 걸어 잠그는 것은 누군가의 방문을 원치 않는다는 표시였기 때문에 집안 식구들이 다 들어오기 전에는 웬만해선 굳이 잠그지 않았다. 설령 잠그더라도 어느 집이나 바깥에서 줄만 잡아당기면 빗장이 풀리게 해놓았다. 빗장을 잠근다고 해도 대문이 바람에 덜컹거리거나 강아지나 고양이들이 들고 나는 것을 단속한다는 거지 사람이 들어오고 나가는 걸 강제하겠다는 의미는 아니었다.

문은 늘 열려 있는 게 우선이었다. 특히나 명절이나 잔칫날에는 대문을 활짝 열어놓았다. 금줄을 쳐놓고 문단속하는 것은 악귀나 액운으로부터 집과 아기를 보호하겠다는 뜻이었다. 금은보화가 집으로 들어오고 복이 굴러들어 오려면 일단 대문이 활짝 열려 있어야 한다고 생각했다. 그중에서도 가장 귀한 것이 사람이었다. 장롱이나 그 밖의 살림살이가 들어올 때도 문을 활짝 열고 맞았지만 함 같은 게 들어올 때면 마치 사람을 맞이하는 것처럼 예의를 갖춰 극진하게 모셨다. 문을 활짝 여는 것이야말로 말 없는 환영의 표시였다. 문을 닫아건다는 것, 빗장을 잠근다는 것은 고립이며 단절이었고 침잠이었다. 그런 집도 없는 것은 아니었으나 미덕으로 여기진 않았다. 대문을 열어놓고 늘 사람을 반기는 집이야말로 누구나 그리워하는 집의 모습이었다.

예전의 문들이 열린 문이라면 이 시대의 문은 닫힌 문이다. 요즈음의 집 대문은 금고 문처럼 비밀의 문이다. 온갖 전자 장비와 튼튼한 잠금장치가 부착돼 있다. 모든 문은 잠겨 있어야 한다. 거의 모든 건물의 문은 닫혀 있으며, 특히 화장실은 늘 잠겨 있다. 허락 없이 통과할 수 있는 문은 거의 없다. 공동으로 쓰는 아파트 현관문에도 비밀번호가 입력돼 있다.

닫혀 있는 비밀의 문들이 제일 먼저 고려하는 것은 사람의 침입이다. 닫힌 문과 문 사이에 냉기와 도시의 비정이 흐른다. 대부분의 회사 정문엔 경비원이 배치돼 있고 경비가 삼엄하다. 한 사람씩 문을 통과하게 하는 장치를 해놓고 그것도 모자라 24시간 365일 CCTV로 내려다본다. 에너지를 낭비하는 열린 문은 단속 대상이다. 높은 건물의 창들은 한 뼘 이상 열리지도 않는다.

문이 닫히고 마음도 닫힌다. 문이 사람을 가로막으니

사람이 돌아갈 길을 찾는다. 열린 문을 만나고 싶다. 그 문을 열고 들어가 사람을 만나고 싶다. 그렇게 그 사람의 마음에 다가가고 싶다. 나 역시 그 사람을 초대하고 싶다. 내 마음의 문을 열고.

-《조선일보》,〈대문 열고 살던 우리네,

어쩌다 꼭꼭 걸어 잠그는 신세 됐나〉

이런 날도 있고 저런 날도 있지

인생이 들숨과 날숨 사이에 있다고 합니다.

숨 들이마시는 것도 일이고 내쉬는 것도 일이지요.

그러니까 계속 일을 해야 하는 거예요.

그 사이에 우리의 삶이 있다니까.

오늘도 틈틈이 살아가는 수밖에요.

/

어차피 매일매일이 다른데

어떻게 기분 좋고 내용 알차고 그러기만 하겠어요.

이런 날도 있고 저런 날도 있지.

좋고 나쁘고 옳고 그르고보다 매일을 그저 주워 담아낸다는 데

의미가 있지 않겠나 하고 생각하기로 했습니다.

/

열심히 한 주일 산 것 같은데 그저 삼시 세끼 먹고, 부르릉 가고 부르릉 오고, 페달 돌리고, 빵 사느라고 줄 서고, 휴대폰으로 음악 듣다 하품이나 하고. 그게 일주일 결산이니 인생 장부 초라하기 그지없습니다. 근데 살펴보면 그것도 아니에요. 그런 일상이야말로 행운인 시절을 지금 지나고 있는 건지도 모릅니다.

/

세상사라는 것이 다 그렇지만 모든 일에 우회 도로가 있고 왕도가 있는 건 아니라고 봅니다. 힘든 상황을 피하려고만 할 게 아니라 극복의 대상으로 보면 어떨까 싶습니다.
고난은 늘 있는, 동네 언덕이라고 생각하는 겁니다.

/

피하지 않고 비에 젖어본 사람은 알 겁니다. 씻는다는 게 뭔지.

뒤집어보면 그 말은 우리는 누구나 위로나 토닥임이 필요했다는 얘기예요.

/

마음 시끄러울 땐 길 떠나는 게 답이에요. 가만히 있으면 마음이 너무 떠듭니다.

/

숨은 사람을 찾아야 하는 게 술래라면 우리는 살면서 늘 술래구나 싶습니다. 사는 동안 누군가를 끝없이 찾아 헤매잖아요. 친구 찾아, 애인 찾아, 고객 찾아. 저희 같은 연예인은 관객을 찾아가느라 쉴 틈이 없습니다.

/

조금 부족하고 못마땅해도 지장은 없다 하는 자족하는 마음이 행복의 지름길입니다. 궂은날을 슬쩍 눈감아주는 것도 미덕입니다.

/

욕망은 사치품이에요. 없어도 사는 데 지장 없습니다.

/

인생이 그래요. 묻는 건 묻더라도 걸음을 멈출 일은 아니잖아요

/

'거울 속의 나도 과거다.'라고 할 만큼 뒤돌아보지 말 것. 먼 미래도
어제만큼 멀지 않다는 걸 기억하길.

저는 아이들은 다 천진하고
사랑스럽기만 하다는 데
동의하지 않습니다.
마찬가지로 어른들이 다 지혜롭고
심지가 굳다고 여기지도 않습니다.
흔들리는 어른의 모습도 자연스럽다고 생각합니다.
준비된 어른이 되기보다는
늘 새로운 어른이길 바랍니다.

(2장)

준비된
어른보다는
늘 새로운
어른

준비된 어른보다 늘 새로운 어른이기를

심지 굳고 단단한 어른이 되기 위해서는 어떡하면 될까요? 스스로 어른이라고 생각하는 어른이 되는 것은 결코 간단한 일은 아닙니다. 누구나 이상적인 어른에 관한 환상 또는 착각이 있기 때문입니다. 저는 아이들은 다 천진하고 사랑스럽기만 하다는 데 동의하지 않습니다. 마찬가지로 어른들이 다 지혜롭고 심지가 굳다고 여기지도 않습니다. 흔들리는 어른의 모습도 자연스럽다고 생각합니다. 준비된 어른이 되기보다는 늘 새로운 어른이길 바랍니다.

짱구의 세계

오늘 아침엔 그 생각이 나서 혼자 웃었네요. 짱구였는지 짱아였는지, 아마 짱구였을 거예요. 짱구들이 좀 늦되니까요. 거실에 웬 강아지가 와 있고 엄마가 없으니까 엄마가 강아지로 변신한 줄 알고 울고불고 난리 난 사연이 있었거든요. '짱구는 못 말려' 코너 시간에는 그냥 웃고 지나갔는데, 가만히 생각해보니 그 일 하나로도 아이들한테 다가갈 길이 좀 보이는 것 같아요. 아이들이 생각하는 세상이라는 게 얼마나 작은 경험들로 짜인 건지 알 수 있잖아요. 그 시간에 엄마가 있어야 하는데 엄마가 아니라 강아지가 있다는 건 엄마가 변신했다고 볼 수밖에 없다는 게 애들 입장인 거예요. 진짜 세상이 뒤집어질 사건이죠.

얼마 전에 애 쫓아다니면서 밥 한 숟가락이라도 더 먹

이려고 하다 엄마 생각났다는 분 계셨는데, 밥 안 먹고 버티는 아이들 보면 이건 뭐 유세를 하는 건지 싶잖아요. 아마 꾀가 멀쩡해서, 사랑받고 있는 걸 뻔히 알아서 그럴 거예요. 미운 짓 하는구나 할 수도 있겠지만 할머니, 할 아버지 같으면 그것도 예쁘기만 할 겁니다. 그래서 할아 버지 집에 가면 애들이 버릇없어진다고 하잖아요. 도대 체 애가 누굴 닮아서 이러나 생각하다 보면 부메랑이에 요. 닮긴 누굴 닮아요. 엄마, 아빠 닮았겠죠. 뭐, 누구 닮 았나 따져볼 것도 없어요. 사람살이 다 거기서 거깁니다. 받은 것 반의 반도 못 주는 게 부모 자식 사랑입니다. 애 들이 맘대로 안 돼도 너무 속상해하실 필요 없어요. 우리 도 부모한테 넘치게 받아놓은 게 있잖아요.

아침은 늘 새날을 가져옵니다

휴대폰은 가끔 전원을 껐다 다시 켜주는 게 좋다면서요? 속도가 느려지지 않고 배터리가 오래간다나요? 그나저나 휴대폰이고 컴퓨터고 좀 버벅거린다 싶을 때 리부팅하거나 하면 정신이 좀 돌아오잖아요. 뭐, 사랑도 리셋을 하네 되돌리기 버튼을 누르네 하지만 어림도 없는 얘기예요. 인생사는 여기저기 얽히고설키고 끈끈이주걱 같아요. 이 일 하나 해놓으면 저게 터지고, 저거 해놓고 숨 좀 돌리려고 하면 또 뭔 일이 생기고 딱 끊어낼 수 없는 게 사람 사는 일이지요. 왜 이런 생각이 들었냐 하면요. 새밥 지어놓은 것처럼 새날을 가져오는 아침이 참 대단하다는 생각이 들었습니다. 그래, 어제는 그랬지만 오늘 다시 해봐라 하고 한 번도 깔아본 적 없는 신상 명석을 깔아놓은 거 아니에요. 그저 감사할 따름입니다.

우리가 모래놀이하면서 부르는 노래가 있잖아요. "두껍아 두껍아 헌 집 줄게 새 집 다오." 어릴 때는 그냥 형들이 그렇게 부르니까 나도 따라 부른다 했는데, 헌 집을 줄 테니 새 집을 달라는 게, 이게 말이 되는 건가요? 그런데 이게 영 말이 안 되는 게 아닌 것 같다는 생각이 번쩍 들었습니다. 나의 낡은 생각과 빛바랜 시간들을 용도 폐기하고 새로운 생각과 참신한 시간으로 바꾸고 싶다는 것 아닌가요. 이 아침만 봐도 우리가 보낸 건 헌 아침인데 받은 건 새 아침입니다. 헌 집 주고 새 집 받았지요. 오늘 하루도 잘 살아야겠습니다.

'자알' 가는 시간을 잘 보내는 법

왜 말맛이라는 게 있잖아요. '잘한다'가 칭찬일 때도 있지만 '잘'이 아니라 '자알'로 늘여서 발음하면 핀잔이 됩니다. 성적표의 석차를 뒤에서부터 세는 게 빠르게 받으면 '자알 한다' 소리 듣지요. 술 퍼먹고 밤늦게 돌아다녀도 자알 한다고 합니다. '볼만하다'도 그런 식으로 씁니다. 영화나 경기, 그 밖의 풍경도 멋지면 볼만하다고 해요. 그런데 이번엔 '볼'이나 '만' 자를 늘이는 거예요. 보올만하다, 아주 볼마안하다. '아주'를 붙여주면 확실하지요. 제발 그런 짓 좀 하지 말라는 뜻입니다. 그런 꼴 좀 안 보고 살게 해달라고 애원하는 거예요. 오늘 날짜를 적다가 무의식적으로 튀어나온 말이 "세월 자알 간다."였어요. 잘이 저절로 늘어지더라고요. 세월이 진짜 잘하는 줄 알고 달릴까 봐 겁납니다.

자알 가는 시간을 재촉까지 할 일은 아닌 거 같아요. 제 출근길은 자전거 아니면 오토바이고, 날이 좋지 않으면 자동차인데요. 자전거를 타고 방송국에 가면 집에서 50분은 걸립니다. 오다가 강가에서 물오리 헤엄치는 거 구경도 하고 성산대교 밑에서 해돋이도 보고 아침 도시락 까먹고, 하얀 꽃이 대롱대롱 달리는 조팝나무 구경하고. 그렇게 유람을 하면서 오면 1시간 반은 흘러갑니다. 일부러 찾아보려고 안 해도 세상이 열리는 모습이 눈에 들어오지요. 그런데 오토바이나 자동차를 타잖아요. 그럼 쌩하고 20분이면 와요. 본 거라고는 어느 신호등은 걸렸고 어디에서는 안 걸렸구나밖에 없어요. 자전거 길에 널려 있는 사소한 것들을 찻길에선 볼 수가 없으니 아침이 휘발해버린 기분입니다. 빨라서 좋을 게 따로 있지, 인생길도 굳이 재촉할 일은 아니지 싶습니다.

아이들에게 물려줄 나라

얼마 전 신곡 녹음을 하면서 녹음실에서 짱구, 짱아 아빠들을 만났는데, 애들 화상 수업 얘길 듣고 배꼽을 잡았습니다. 애들 수업 태도가 천태만상이더군요. 대부분이 누워서 수업받더군요. 정말 학부모님들의 인내가 어느 정도여야 할지 가늠할 수가 없을 지경입니다.

그러고 오늘 어린이날을 맞아서 갑자기 '우리 아이들에게 어떤 나라를 물려주면 좋을까?' 생각이 들어 심경이 좀 복잡했습니다. 우주여행을 하고, 먹거리가 풍부하고 부강한 나라? 빛나는 문화를 가진 나라? 뭐, 모범 답안지 외우듯 떠오르는 신기루 같은 나라상이 있었지만 가슴에 닿는 건 없었습니다. 그 바람에 자괴감이 일었습니다. 아이들에게 물려주고 싶은 나라가 어떤 나라인지도 모르겠는 어른이라는 게 부끄럽더군요.

그때 떠오르는 게 있었습니다. 라디오 사연 중에 어떤 짱아가 잘 가다가도 길바닥에 누워버린다고, 유치원 선생님이 집에서도 그러냐고 물었다는 이야기가 있었어요. 그 바람에 그 집 아빠만 곤란하게 됐던데. 아이들은 어차피 어른들 보고 배우기 마련입니다. 그래서 생각난 건데요. 어른들이 안 싸우는 나라를 물려주고 싶네요. 이게 너무 안이한 생각일까요? 싸움의 기술을 가르칠 게 아니라 안 싸울 수 있는 지혜를 물려줄 순 없을까요?

야속한 날의 고마움

열 번을 느껴도 한 번 입에 담기 힘든 말 중에 '야속하다'
도 들어갈 거예요. 무슨 일 때문에 섭섭하긴 한데, 괜히
말 꺼냈다가 속 좁은 사람 되지 않을까, 오해한 건 아닐
까 해서요. 그런데 어젯밤 부슬비는 야속하더군요. 아예
주룩주룩 내리면 촬영을 접지요. 근데 그게 아니에요. 부
슬부슬 내리다 말짱해져요. 배우들 씌우고 있던 우산 걷
고 조명 다시 켜고 대사 몇 마디 하면 또 부슬부슬 내려
요. 스태프들은 언제 비가 멈추나 하고 눈이 빠지게 날씨
앱만 들여다보고 있어요. 새벽 2시까지 겨우겨우 찍고 이
제 한두 컷만 찍으면 되는데, 이젠 아주 본격적으로 내리
는 거예요. 결국 다시 가야 돼요. 똑같은 옷 입고 똑같은
신 신고 똑같이 분장하고…. 비 갠 아침 하늘을 보니 어
젯밤 비가 야속하더군요. 인생이 그러려니 합니다. 다정

도 병이라니 야속은 외려 약이려니 하렵니다. 야속한 일
없으면 고마움이나 알겠어요?

시간이 빚어내는 아름다움

지난번 그림 전시회 때 선물로 받은 화분이 몇 개 있는데 그중에 몇 개는 얼어서 꽃이 다 떨어져버렸고, 몇 개는 물을 줘서 살리고, 또 하나는 아주 싱싱하길래 '얘는 아주 튼튼한 애구나.' 하고 물을 주려고 보니까 세상에, 가짜 꽃이더라고요. 아주 깜빡 속았다니까요. 어쩌면 색을 그렇게 자연스럽게 냈는지. 가짜인 걸 알고 나니까 활짝 웃고 있는 꽃이 왜 그렇게 시끄러워 보여요? 흉물스럽고. 이상한데요.

가끔 보면 정물화에도 예쁜 꽃 말고 시들고 벌레 먹은 꽃들이 그려져 있기도 해요. 그런 것 보면 우리가 아름답다 추하다 하는 게 사뭇 상대적인 거지요. 할머니가 웃으면 주름 골이 더 깊어 보입니다. 그래도 그 웃음이 진짜지요. 아버지의 작아진 등이 인자해 보일 때가 있지요.

젊음과 힘이 능사가 아닙니다. 시간이 빚어내는 아름다
움이 와인과 우정에만 있는 건 아닌 것 같아요.

밥상머리 추억

오늘은 구내식당 메뉴가 완전 그린 필드였어요. 푸른 초원이지요. 풀밭. 시금치나물, 청경채무침, 물김치에 김칫국이었으니까요. 아, 공군이 하나 있었습니다. 에그스크램블. 왜, 생선은 해군, 쇠고기나 돼지고기는 육군, 닭이나 오리는 공군이라고 했잖아요. 하여간 한창 먹성 좋은 애들이 보면 한숨 푹푹 내쉴 메뉴인데 저는 좋았어요. 어릴 적부터 김칫국을 좋아했거든요. 어머니가 가끔 그러십니다. 한창 클 때는 삼 형제가 쌀을 한 달에 한 가마니씩 먹었대요. 아귀가 따로 없는 거지요. 그 시절도 그리워요.

어렸을 때는 어른들, 특히 어머니나 할머니는 왜 생전 반찬 없단 소리를 안 하실까. 맛도 없는 밥을 물에 말아서 김치만 드셔도 왜 짜증을 안 내실까. 그런 게 참 신기

했는데 이제는 뭐가 맛있다, 뭐가 먹고 싶어 죽겠다 하는
아이들 보면 그저 귀여울 뿐입니다. "많이 먹어라." 소
리가 절로 나옵니다. 내가 볼 터지게 먹던 시절 흐뭇하게
바라보시던 어른들이 떠오릅니다.

셀로판지가 바스락거리는

오래전에 읽은 글인데 안 잊히는 것들이 간혹 있지요. 어떤 것들은 억지로 외우려고 해도 자꾸 지워지기만 하는데 누가 했던 섭섭한 말이나 그 당시 내 처지에 딱 맞는 말 같은 건 돌에 새긴 것처럼 선명하게 각인됩니다. 말이나 글만 그런 게 아니라 그때 보았던 풍경이나 냄새, 소리도 새겨질 때가 있어요. 화창한 아침이면 늘 "셀로판지가 바스락거리는 것 같다."라고 했던 번역 책의 구절이 생각나요. 책의 제목도 모르겠고 소설이었는지 그냥 교양 서적이었는지도 모르겠는데 그 묘사만 남아 있어요. 인생을 돌아볼 때도 그렇게 인상만 남아 있고 내용은 희미한 경우가 많지요. 지난날의 불같던 사랑도 카페에 흔히 걸려 있는 그저 그런 정물화처럼 보일 때가 있습니다. 오늘은 어떤 인상으로 남을지, 아니 남기나 할는지요.

외로움이나 그리움이나 냄새 같은 것

불쑥 떠오르는 사람, '그 친구 요즘 어떻게 지내나? 통 소식이 없네.' 하고 문득문득 떠오르는 사람이 몇 있어요. 그렇게 생각난다고 불쑥 전화하거나 만나는 것도 아니에요. 그냥 떠오르기만 하는 건데 그게 의외로 외로움을 달래줘요. 그리움이 밑도 끝도 없는 것처럼 외로움도 갑자기 혼자라는 걸 깨달아서만은 아닌 것 같아요. 외로움이나 그리움이나 그냥 냄새 같은 거 아닐까 싶기도 하네요. 잠시 쓸쓸한 기분이 후각을 자극하는 거지요. 사랑하는 사람이 코앞에 있어도 외롭다는 분도 계시고, 하늘나라에 가신 지 그렇게 오래됐는데도 꽃 피는 계절이 올 때마다 할머니가 보고 싶기도 하잖아요. 불현듯 크라잉넛 한경록 님이 어젯밤 어디 계셨는지가 궁금해집니다.

아재개그에 대한 옹호

철이 좀 지났거나 별로 감칠맛이 안 나는데 정작 그 말을 한 사람은 듣는 사람의 리액션을 간절히 요구할 때 아재개그라고 하잖아요. 근데 저는 아재개그가 참 좋아요. 첫 번째로 세대 간의 소통이잖아요. 보통 아재개그의 발원지는 부장님입니다. 불통 대명사인 부장님과 아래 직원들 사이에 만들어지는 불안정한 유머입니다. 얼마나 도전적이며 진취적입니까? 또 하나는 플롯이 다 드러나는 엉성한 짜임새에 있습니다. 그게 허탈하지만 해방감을 가져다줍니다. 모든 것이 빈틈없이 짜여 돌아가는 현대사회 속에서 그런 빈틈이 오아시스 같습니다. 옛날에는 그런 농담하면 싱거운 사람이라며 대수롭지 않게 여겼습니다. 근데 해가 갈수록 여유로움이 간절해집니다.

나를 편히 쉬게

할 일이 없는 것과 심심하거나 외로운 것은 다른데, 일이 없는 것 자체를 곧 '나는 혼자다.'라고 생각하는 경향이 있는 것 같아요. 그래서 이런 주말이면 더 뭔가 할 것을 찾거나 미뤄두었던 일을 해야 할 것 같은 강박에 시달리게 되는데, 그냥 나를 편히 쉬게 놔두세요. 가끔은 무료하거나 심심해도 괜찮습니다. 제가 얼마 전에 여가가 생기면 분위기 있게 차를 좀 마셔보자 하고 포트하고 다기를 방에 갖다 놓고 때마다 한번 차를 우려 마셔봤어요. 그게 내 시간을 뭔가로 채워줄 거라 생각했습니다. 근데요. 그것도 다 헛일이에요. 그릇 씻고 뭐 하고…. 혹시 빈 시간이 생기면 그 시간은 비워두기 저는 강추합니다. 제발 가만히 좀 계세요.

이별앓이

이별의 방법으로 이런 걸 한번 제안하고 싶습니다. 종이에 '불같은 사랑'이라고 쓰고 그 종이를 구기세요. 그다음 '미련'이라는 글자를 쓰고 그 종이를 구겨버리세요. 세 번째 '이별'이라는 글자도 쓰고 찢어버리세요. 뭐든 마음에 남아 있는 걸 쓰고 구겨버리세요. 그리고 그 종이들을 이 휴지통에 던져버리세요.

생명에게는 내일이 있습니다

좋은 소리도 몇 번 들으면 시들해지는데 꽃은 다 떨어지도록 눈길을 빼앗습니다. 늘 멋없다고 구박했던 어린 벚나무도 그러려니 하고 봐서 그런지 제 몫을 다하는 것 같았습니다. 이러다 보면 어느새 여름 한가운데 들어가 있을 거예요. 그때는 먼 과거 얘기처럼 봄날을 얘기하겠죠. 어쩌면 비는 다 어제 내린 비고 계절은 다 잊힌 계절일지 몰라요. 그래도 내 가족, 내 친구들이 하나같이 과거 시제가 아닌 게 다행입니다. 우리에게 늘 미래가 있고 내일이 기다려지는 건 짱구, 짱아가 있기 때문입니다. 무릇 모든 생명에겐 내일이 있습니다. 그럼에도 세상을 과거지사로 보는 건 묵은 습관인지도 모르지요. 서둘러 작별할 일도, 성급히 맞을 일도 아닙니다. 그저 오늘에 감사하며 겸허하게 내일을 기다립니다.

봄은 인사도 없이 가버렸구나

방송국에 오면서 아기 목욕물처럼 미지근한 공기를 스치다 보니 '지나간 계절이 있구나, 뭐가 그렇게 부끄러웠는지 봄은 인사도 없이 가버렸구나.' 했습니다. 인사도 없이는 아닌가? 엊그제 뿌린 비가 봄의 눈물이었을지도 모르지요. 하긴 어느 계절이 온다 하며 오고, 간다 하고 가던가요? 언제 오나 하면 어느새 안방 차지하고 있고, 그러다 둘러보면 이별의 편지 한 장 덜렁 남겨져 있곤 합니다. 가버린 날들이 됐든 이별의 계절이 됐든 남겨지는 건 언제나 우리입니다. 나도 누군가를 떠났을 텐데 왜 그 사람만 늘 떠나는 건지…. 사랑은 주는 거고 이별은 받는 건가?

연세 드신 분들이 그러시잖아요. "인생 잠깐이다. 하고 싶은 거 하고 살아라." 봄날이 그렇긴 하지만 참 빨리도 갑니다. 문득 돌아보니 '어느새'라는 말밖에 안 나옵니다. 올해도 벌써 반년이 갔어요. 반년이. 세상에, 세월 가는 거 끝장을 하려고 한 게 아닌데…. 세월 탓하다 보면 결국은 '너는 도대체 뭐 했니?'라고 자책으로 끝나게 되잖아요. 아이들 통해서 내 꿈을 채우려고 하면 아이들이 자존감을 갖고 자기를 바라보기 힘들게 된다는데 어른한테도 별로 좋을 일은 아닌 것 같아요. 오늘은 내가 나한테도 간섭 안 하기, 어때요?

빗소리를 들으며 누군가를 떠올린다는 게

하염없이 빗소리 듣고 있으면 옛날 생각이 찐빵 찌는 냄새같이 스멀스멀 풍겨 옵니다. 추억은 두서가 없어서 어릴 때 살던 동네 한옥집 한구석에 있던 장독대와 대추나무가 생각나다 느닷없이 아버님 오래 누워 계시던 요양 병원 앞 국밥집이 떠오르곤 합니다. 추억은 두서만 없는 게 아니라 아예 기승전결도 없어요. 요양 병원이 생각났으면 병석의 아버님이 먼저 떠올라야지, 어쩌자고 국밥집이 떠오르는 건지. 뒤늦게라도 아버님 얼굴을 떠올리려고 하면 진짜 얼굴이 생각나는 게 아니라 대청마루에 걸려 있던 사진 속의 모습이 떠오릅니다. 기억이 추억을 훼방 놓는 건지, 추억 속에 기억이 엎질러지는 건지. 뭐, 그래도 좋더군요. 빗소리 들으며 누군가를 떠올린다는 게 마음 따뜻했습니다.

젊을 때는 모르는 인생의 맛

일요일 아침에 눈을 뜨면 씻기도 전에 기타부터 잡을 때가 많습니다. 요즘 들어 왜 그렇게 기타가 좋은지, 진즉 기타의 참맛을 알았더라면 하는 후회가 없지 않지만 지금 이대로도 좋아요. 말 그대로 반려가 되는 것 같아요. 한편으론 그런 생각도 들어요. 인생도 젊었을 때는 그 맛을 모르다 나이가 들고 꽃 피고 낙엽 지는 걸 그래도 한 40, 50년은 봐봐야 제맛을 알게 되는 건 아닐지. 그때가 되면 진즉 알았더라면 하는 회한이 밀려들기도 하겠지만 다시 이 순간이 얼마나 소중한지를 깨닫게 되기도 할 거예요. 얘기가 거창해졌는데요. 별것 아녜요. 지금 이 순간 뭔가 나를 기쁘게 해줄 게 뭐 없나 찾아보세요. 그리고 그걸로 아침을 여시라고요. 뭐니 뭐니 해도 애인한테서 오는 굿모닝 문자가 최고 아닐까요?

까치에게 배우는 나눔

거실에서 밥을 먹다 까치를 보고 생각이 많아졌습니다. 목포 공연에 가기 전날, 고기를 좀 구우면서 기름 덩어리랑 고기 부스러기를 고양이 밥그릇에 내놓았거든요. 마당에 먹이 놔주고 새 구경하면 참 좋아요. 한참 기다리니까 까치 한 마리가 날아와요. 그 허공에서 냄새 맡고 올리는 없을 것 같고, 눈이 어찌나 밝은지… 하여간 한 마리가 날아오더니 한 입 쪼아 먹고는 날아가요. 조금 있으니까 두 마리가 날아와서 두어 번 쪼더니 날아가요. 그러더니 그다음에 또 두어 마리 날아와서 먹고 갔어요. 왔던 애들인지 처음 온 까치인지는 모르겠어요. 그런데 걔네를 가만히 보면 '와, 이게 웬 떡이냐.' 하고 처음에 온 애가 혼자 배불리 먹고 친구 부르러 가는 게 아니에요. 그 다음에 온 애들도 바닥날 때까지 다 먹어치우는 게 아니

더라고요. 먹을 게 조금 많으면 더 여러 마리가 올 뿐이
지 한 마리나 그저 서너 마리가 독식하는 법이 없어요.
저렇게 나누며 사는구나 했습니다.

어른과 아이의 아침

어제의 고단이 도깨비바늘처럼 붙어 있습니다. 잘 안 떨어져요. 생각해보니 그렇네요. 어린 시절의 아침과 어른이 돼서 맞는 아침이 달라도 너무 다른데, 뭐가 다른 걸까? 귀가 따갑게 들은 소리 중에 하나가 "깨워주지 않아도 제발 혼자서 좀 일어나라." 아녜요? 어릴 때는 웬 잠이 그렇게 쏟아지는지, 아기들은 밥숟가락을 물고도 잡니다. 그런가 하면 어른들은 벌떡벌떡 잘도 일어납니다. 밤엔 잠들기 싫어서 잠투정하고 아침엔 일어나기 싫어서 꾸물대는 거 보면 애들은 스위치가 빡빡한 게 틀림없어요. 켜는 것도 잘 안 되고 끄는 것도 안 되는 거예요. 어른들은 그게 헐렁하니까 툭 치면 켜지는 거 아닐까요? 아이고, 오늘은 켜지긴 켜졌는데 접촉 불량인지 계속 졸리네요.

혼자 일어서기까지 수백 번 넘어지잖아요

아침이 아주 깨끗합니다. 어제 비가 와서 그렇겠지요. 씻어놓은 아기 같습니다. 아기들도 씻고 나면 개운해하는 게 보이지요? 고양이들은 진종일 지 얼굴 닦고 있지만 그래도 씻고 사는 동물은 사람밖에 없을 거예요. 〈동물의 왕국〉 보면 코끼리도 물 있으면 첨벙거리던데 그것도 씻는 건가?

씻는 얘기가 나와서 말인데요. 인간이 다른 동물들에 비해서 양육 기간이 엄청나게 길잖아요. 부모 정성이 그만큼 많이 들어간다는 건데 그것도 점점 더 길어지는 추세인 것 같아요. 애들이 독립할 생각 안 하고 눌어붙어 있다고 끌탕하는 집이 많습니다. 젊은이들은 또 나름대로 고민이 있겠지요. 지금 당장은 맘에 안 들더라도 조금만 여유를 갖고 봐주세요. 언젠간 제 발로 설 때가 올 거

예요. 헤아려보지 않아서 모르지요. 아기들이 뒤집기 시
작해서 서고 걷고 뛸 때까지 수백 번 자빠지잖아요.

체온이 담긴 말, 잔소리

어른들은 아이들한테 잔소리를 하게끔 프로그램이 돼 있고 애들은 언제나 말을 안 듣게끔 세팅이 돼 있잖아요. 지들끼리 할 땐 아무 얘기도 아닌데, 아니 오히려 친구가 자기를 위해 얘기해주는 것 같은데 어른이 "일찍 다녀라.", "추울 땐 국물이 최고다. 뭐라도 좀 먹고 나가라." 하면 다 잔소리로 들립니다.

오늘 아침에도 집에서 싸 온 김밥을 꾸역꾸역 먹는데 아닌 게 아니라 목이 메더라고요. 목구멍이 빽빽해서 잘 안 넘어가요. 보온병에 담아 온 따뜻한 물을 마시는데 몸도 훈훈해지고 목도 부드럽고 좋아요. 그때 많이 들었던 익숙한 소리가 들리는 듯했습니다.

"천천히 먹어라. 물도 마시면서."

우리가 살면서 수없이 많은 말을 하고 또 듣잖아요. 수

많은 단어를 암기하고 머리에 쑤셔 넣듯이 공식을 외우고. 그런 모든 말 중에 체온이 담긴 말이 몇 마디나 될까요? 아마 거의 없을 겁니다. 잔소리로 들렸던 어른들 말 빼면.

모르는 걸 모른다고 하는 게 얼마나 예쁜지

엊그제 공연 때문에 내려가다가 논산쯤 지나 식당에 들어갔어요. 요즘은 어딜 가나 인테리어가 깔끔하고 손님들 편하게 잘해놓은 집이 많지요. 그 식당도 주위는 논밭인데 실내는 가로수길의 레스토랑처럼 꾸며놨어요. 자리를 잡고 앉았는데 바로 옆 테이블 젊은 부부가 어린 남매를 데리고 왔어요. 아기 아빠가 저를 알아보고는 반갑다며 가족과 사진을 한 장 찍어달라고 하더라고요.

그래 아기들과 같이 사진 찍고 자리에 앉았는데 그날 처음 나왔다는 알바생이, 꼭 고등학생 같던데, 제 테이블로 오더니 빙글빙글 웃으면서 "유명하신 분인가 봐요?" 하더라고요. 그러더니 "유튜버세요? 어떤 채널이에요? 제가 구독과 알림 설정해드릴게요." 그러더라고요.

입에 넣었던 갈비탕 뼘을 뺀했습니다. 모르는 걸 확실

하게 모른다고 아무렇지 않게 얘기하는 큰 짱아가 어처
구니가 없었지만 예뻤습니다. 모를 수도 있지!

내 인생도 한 움큼 갖고 간 거예요

가을비가 다녀간 앞마당에서 고추 말리는 냄새가 나는 것 같더라고요. 착시, 환청은 들어도 보고 겪어도 봤지만 냄새도 헛냄새가 있나요? 하긴 냄새도 기억이니 착각이 있긴 있겠지요. 할머니 냄새, 그녀가 씹던 풍선껌 냄새, 알 파치노의 여인의 향기 다 추억의 향기지요.

오늘 아침 문득 철드는 게 뭔지 알 것 같다 생각했습니다. 혹시 오고 가는 걸 안다는 뜻 아닐까. 엊그제까지만 해도 앙탈을 부리던 여름은 갔습니다. 여름이 가기 싫은 듯 보였던 건 아직도 이별이 서툰 내 마음이었는지 모릅니다. '진짜 갔구나.' 그렇게 생각하니 여름이 그냥 간 게 아니라 내 인생도 한 움큼 갖고 간 거예요. 그걸 아는 게 철드는 거 아닌가, 그 생각을 했다고요.

왜 바뀌는지 따질 시간도 없이

아침에 커피를 한 잔 마시는데 따뜻하고 중후한 쓴맛이 얼마나 좋던지. 3월 중순이라 낮엔 기온이 많이 올라가는데 아침엔 무지 추웠습니다. 좀 떨면서 왔더니 종이컵에 담긴 커피의 온기도 큰 위안이 되더라고요. 그러면서 그런 생각이 들었습니다. 왜 '인이 박인다.'라고 하잖아요. 습관이 되거나 집착하게 되는 거요. 커피가 우리 생활 속으로 들어온 지는 얼마 안 된 것 같은데 아주 친근한 마실 것이 됐으니. 가만 보니까 우리를 변하게 한 게 은근히 많아요. 요즘 신발 하나도 가볍고 착용감이 얼마나 좋아요. 옛날 같으면 구경도 못 하던 것들입니다. 지난겨울을 따뜻하게 건너게 해준 패딩 옷 한 벌 없는 사람 거의 없을걸요. 입는 거, 먹는 거, 타는 거 많이 달라졌어요.

다른 누군가한테서 전화번호를 받아서 처음 통화해야

될 때는 미리 문자로 "누구누군데요, 시간 되실 때 전화 좀 주시면 고맙겠습니다." 하고 언질을 주잖아요. 요즘엔 대뜸 전화부터 하면 좀 무례한 것처럼 보이더라고요. 옛날에는 거꾸로였던 것 같아요. 할 말 있으면 전화를 드리는 게 먼저지, 문자로 찍 보내면 버르장머리 없다 소리 들었을 거예요. 뭐, 그땐 문자 주고받는 건 상상도 못 할 때지만요. 세상이 바뀌니 따라 하기는 하는데, 왜 그런지나 알면 좋겠는데 그거 따질 시간도 없어요.

자신의 외연이 타인입니다

Q. 타인이 나를 지배해요. 주체적인 사람이 되고 싶어요.

A. 나와 타인을 너무 구분 짓지 마세요. 자신의 외연이 타인입니다. 오른쪽의 당신을 그리기 위해 나는 너무 많은 타인을 채웠습니다.

그 누구 아닌 나를 위한 인생을

왜 공연이나 영화 같은 거 재미나게 보고 나면 문득문득 그때의 장면이 떠오르잖아요. 은막 위 신기루처럼 나타났다 사라진, 엄밀하게 얘기하자면 내 인생과 별 상관없는 행복했던 또는 가슴 아팠던 이야기가 어느새 내 삶의 일부가 돼 있는 거예요. 무릇 예술이라는 것들은 다 그런 힘이 있는 것 같아요. 얼마 전 제가 좋아하는 피아니스트 글렌 굴드의 동영상에 달린 댓글을 봤어요. 관객이 아니라 자기 자신에게 들려주려고 연주하는 것 같다고 하기도 하고, 글렌 굴드가 피아노를 연주하는 게 아니라 피아노가 이 사람을 연주하는 것 같다는 댓글도 있었어요. 일주일에 하루만이라도 그 누구 아닌 자신을 위해 인생을 연주해보세요.

아이들에게 배워야 할 용서

아이들 삐지고 골난 거 보면 좀 귀엽죠. 애들이 들으면 놀라 자빠지겠지만 귀여운 건 귀여운 거예요. 근데 귀여운 이유가 아이들은 사탕 하나로 풀어지기 때문이에요. 어른들 틀어지면 한여름 대청마루에도 서리가 내릴 것처럼 썰렁한데 애들은 그래도 병아리 털처럼 보드랍고 따뜻한 구석이 있어요. 어른들이 아이들한테 배워야 하는 게 그런 용서 아닐까 싶기도 해요. 혼나고도 가방 메고, 학교고 유치원이고 가는 애 뒷모습 보면 혼낸 본인들이 켕기잖아요. 그래서는 학교 갔다 오면 안아줘야지, 뭐 맛있는 거 사줘야지 그럽니다. 애들은 학교 길에 다 용서했는데 말이죠.

눈물이 참을 일은 아닙니다

중년이 되고 눈물이 많아졌다는 청취자분이 계셨어요. 감정이 무디고 강한 사람인 것처럼 살다가 별일 아닌 일에도 눈물이 나는 변화가 당혹스럽기도 하셨을 거예요. 저도 참 눈물이 많은 편이에요. 어머니를 닮았지요. 동요를 부르다가 울고 방송 사연을 읽다가도 울기 일쑤입니다. 어떨 땐 부끄럽고 한심하기도 하지요. 그런데 오히려 눈물이 안 나서 창피할 때도 있습니다. 동심의 중심은 진심이라고 합니다. 진심에서 우러나오는 눈물은 세상에서 가장 고귀한 정화수 아닐까요? 눈물이 마른 세상이 무섭지 눈물이 피할 일은 아닌 것 같습니다. 더구나 요즘 같은 날엔 눈물이 참을 일은 아닙니다. 울어야지요. 펑펑.

내가 가는 길을 조용히 쓸어주는 사람

아직 동트기도 전 환경미화원이 거리를 쓸고 계셨습니다. 빗자루 한 번 지날 때마다 거리가 조금씩 밝아지는 것 같더군요. 차가 신호등에 멈춰 섰다가 파란불로 바뀌어서 다시 출발한 그 1~2분 사이에도 밝기가 다른 것 같았으니 말입니다. 그때 바람이 휙 불어서 종이 한 장이 차도로 날아갔어요. 그 아저씨가 닭이라도 한 마리 도망치는 것처럼 재빨리 낚아채서 가져가시더군요.

안 그래도 세상을 쓸고 있는 모습이 경건해 보였는데 그 휴지 조각을 수거해 가는 걸 보면서 참 고맙다 생각했습니다. 누가 버렸는지 따지지 않고, 그런 버르장머리 탓하지 않고 묵묵히 할 일 하시는 모습이 멋져 보였습니다. 안 보고 못 봐서 그렇지 세상에는 그런 분이 정말 많으실 겁니다.

가로등도 그래요. 자전거 타고 출근하다 보면 가로등 꺼지는 모습을 자주 보게 됩니다. 가로등은 자전거 속도로 동쪽부터 꺼집니다. 제가 집을 나설 때는 동네에 가로등 불이 환해요. 한 15분쯤 달려서 흑석동이나 여의도쯤 오면 그 근처 가로등이 꺼져요. 또 한참 달려서 성산대교나 안양천쯤 오면 또 꺼집니다. 누가 지키고 있다 해 떠오르는 대로 차례로 끄나 봐요. 가로등이 꺼지면 주위가 더 환해져요. 빛이 빛을 가리고 있었습니다. 가로등 빛이 떨어지는 곳은 더 밝지만, 그 빛 때문에 못 보던 빛은 만연한 빛 번짐이 사라지고 나서야 눈에 들어옵니다. 가로등 밑처럼 내가 보고 있다고, 알고 있다고 생각해서 못 보고 넘어가는 게 없지 않겠다 싶습니다.

쓸쓸함에 적응하는 게 성숙이라면

계절이 이제 중년 만년의 가을로 접어듭니다. 머리숱 줄어들듯이 잎을 떨구고 낙엽이 지겠지요. 쓸쓸함에 적응돼가는 게 성숙이라면 다들 사양하고 싶으실 거예요. 어른들이 그러잖아요. 한창 예쁜 유치원생이나 초등학생들 보면 너희는 안 컸으면 좋겠다고요. 근데 걔들이 안 클 방법이 있나요? 그저 엉아가 돼보고 싶고 빨리 화장하고 싶어서 난린데…. 뭐, 사정은 어른들도 마찬가지입니다. 쓸쓸한 가을바람 그냥 얼굴만 스치고 갔으면 하지만, 가을바람은 그렇게 시시하게 안 지나갑니다. 가슴으로 들어와 추억을 헤집어놓고 가지요. 어른들도 할 수 없이 또 성숙해집니다. 미운 가을입니다.

어른들이 사라졌다

어른들이 사라졌다. 차를 운전해보면 알 수 있다. 양보하는 사람이 없다. 양보를 하더라도 귀찮아서, 아니면 지금 손에 들고 있는 휴대전화로 통화하고 있기 때문이다. 상대방이 초보니까, 여자니까, 나이 들어 보이니까, 바빠 보이니까가 아니다. 설혹 진심에서 우러나 양보하는 경우가 있다 하더라도 그건 어디까지나 예외다. 운전 말고 다른 행동에서도 배려는 없다. 다들 자기 잇속 때문이지 이타심의 발로가 아니다. 무조건 내가 이겨야 하고, 내가 성공해야만 한다.

어른들은 다 어디 갔을까? "이제 어른인데 그러면 안 되지." 우리 또래 사람들이라면 열 살이 될까 말까 하는 나이에 이런 말을 듣고 자랐다. 그 말을 들으면 '아직은 아닌데.' 하며 억울한 마음이 들기보다는 어떻게든 그 상황에 나를 맞추고 싶었다. 그렇게 해서라도 그 말을 한 사람에게 실망을 주지 않고, 나 스스로도 아이로 전락하는 것을 피해야만 했다. 특히 여럿이 모여 있는 자리에서 듣는 "이제 어른인데….."란 말은 탁효가 있었다.

어린 시절, 그 당시엔 예방접종을 학교 단위로 할 때가 많았다. 접종은 아침 수업 시작과 함께 반별로 이루어졌는데 보통 1반부터 차례로 하다 보니 몇 반까지 왔느냐가 굉장한 관심사가 아닐 수 없었다. 살을 뚫고 들어오는 주삿바늘을 상상만 해도 구역질이 나고 머리가 어지러웠다. 그러나 그 정도 증상은 주삿바늘을 피하게 해줄 조퇴 명분이 되지 않았다. 우리의 운명을 점쳐보는 것은 몇 반까지 아이들이 줄을 섰느냐는 정보를 주워듣는 정도가 한계였다. 결국 우리 반 차례가 되면 아이들은 수업을 중단하고 줄을 섰다. 아주 어린 놈은 주사를 맞기도 전에 오줌을 싸기도 했다. 처음에는 무서웠지만 하나둘 맞고 나가는 녀석들이 생기면서 마음이 놓이기도 했다. 그런 공포를 물리치게 해주는 말이 "이제 어른인데."였다.

그 말은 학교에서만 쓰는 말이 아니었다. 문간방 툇마

루 아래에서 설설 끓고 있던 미역국에 왼쪽 팔이 빠져 화상 치료를 받으러 동네 병원에 갔을 때 원장 선생님께서 하신 말씀도 마찬가지였다. "아휴, 이제 어른이라 울지도 않고 잘 참네." 정말 애가 돼보지 않고는 그 답답한 심정을 알 수가 없다. 결국 나는 관우 같은 무장武將도 아니면서 울지도 못하고 치료를 마쳐야 했다.

어른으로서 갖춰야 할 것은 그렇게 아픔을 견뎌내는 것 따위로 끝나지 않았다. "이제 어른인데 동생을 잘 돌봐야지." "이제 어른인데 걸핏하면 삐치고 그러면 안 되지." 밥도 혼자 잘 먹어야 하고, 투정 부리지 말아야 하고, 집도 잘 봐야 하고, 심부름도 잘해야 하고, 밤에는 발판 간격이 너무 넓어서 가랑이가 찢어질 것 같은 재래식 화장실에서 성냥을 계속 그어대 밑에서 올라올 것만 같은 몽달귀신을 쫓으며 용변도 봐야 했다. 어른이라는 '완장'이 내 스스로의 품격을 높여주었다면 애들이라는 '낙인'은 세상으로부터 격리를 뜻했다. "애들은 저리 가라." 이 말은 참정권, 투표권, 발언권, 참여권, 간섭권 등 모든 권리의 박탈이었으며 금치산자가 되는 것이었다.

아이들 입장에서는 그 소리만큼 치욕스러운 말이 없었다. 그래서 아이들은 "저 예방주사 맞을 때 안 울었어요."라든지 "저는 동생이랑 안 싸워요." 하는 사실 증명을 해서라도 애라는 멍에로부터 벗어나고자 했다.

그렇게 어른으로 자란 사람들이 다 사라져버렸다. 투정, 변명, 책임 회피, 몰상식, 거짓으로 범벅된 세상을 만들어놓고 그 속으로 숨어버렸다. 50년, 60년 동안 시간이 거꾸로라도 흘렀단 말인가? 어른들이 사라진 세상에 다시 애들이 나타난다. 사라진 들에 봄이 온다.

－《조선일보》, 〈투정·변명·책임 회피…

진짜 어른들은 다 어디 갔을까〉

사랑이 뭐 대단히 뜨거워야 하나

저는 감히 모든 사랑은 첫사랑이라고 말씀드리고 싶습니다.

어떤 만남도 중고 시장 같은 만남은 없다는 것입니다.

/

그냥 사랑하면 됐지 얼마나 사랑하는지 알아서 뭐 해요.

큰 사랑 따로 있고 좀팽이 사랑 따로 있는 거 아닙니다.

사랑이면 사랑이고 미움이면 미움입니다.

작게 베푼 것이 큰 미움을 거두어낼 수 있고

작은 원한이 큰 덕을 가릴 수도 있습니다.

/

애틋한 마음이 있는 한 다른 모든 것은 방법일 뿐입니다.

/

몇 년 됐나요? 성산대교 옆에 또 무슨 큰 다리를 놓거든요.
세상에 저거 언제 다 짓나 했는데 글쎄 다리가 강을 건넜더라고요.
문득 그런 생각이 들었어요.
뜻이 있으면 쇠막대기도 강물을 건너 여기와 저기가 이어지는데
사람과 사람 사이의 인연은 이어지지 못할 일이 없겠다고요.
뜻이 있느냐 없느냐? 기다리고 또 기다릴 용기가 있느냐가 문제지요.

/

마음도 저축할 수 있으면 좋겠다는 생각을 합니다.
평상시에 조금씩 모아놓았다가 성질나거나 힘들 때 꺼내 쓰는 거
지요. 그런데 그럴 수가 없으니 마음이 갑옷을 입고 점점 딱딱해져
만 가나 봅니다.

/

친구에게 너는 '벽'이다 그러면 진짜 '벽'이 될 것이고,

너는 '물'이다 그래도 '벽'이 될 것입니다.

너는 '벽이 아니다.' 그래도 '벽'이라 할 것이고,

너는 '물이 아니다.' 해도 '벽'이라 할 것입니다.

그러나 그 친구가 스스로 왜 자신을

'벽'이라 우기는지 생각해볼 것입니다.

"나는 너를 믿는다."라고 얘길 하면 그 친구가 스스로 변할 것입니다.

/

나와 한나절 보낼 사람을 떠올려보세요.

그리고 그 사람 옆에 앉은 내 모습을 상상해보세요.

그러면 내 곁에 누가 있으면 좋을지가 또렷해집니다.

내 곁에 있었으면 하는 사람은 나를 존중해주는 사람입니다.

/

'세상을 구한 운전사'라는 이야기가 있습니다.

아침에 손님이 탔는데 아주 친절하게 인사를 했대요.

기분이 좋아진 그 손님은 회사에 가서 열심히 일했대요.

그 회사가 돈을 많이 벌어서 세계에 나무도 많이 심고, 기아도 구하고, 그래서 결국은 세상을 구한 운전사가 되었답니다.

농담 같지만 아무리 넓은 세상이라 해도, 아무리 잡기 힘든 행복이라 해도 세상일의 시작은 어느 한 사람이라는 것 아니에요.

결국 나의 즐거운 아침 인사가 세상을 바꿀 수도 있고, 그 이전에 제일 먼저 나를 바꿀 수 있는 첫 단추입니다.

/

걱정거리 근심도 혼자 품고 있을 때 나를 짓누르고 그게 커 보이지만 막상 툭 꺼내놓고 보면 '별거 아니구나.' 합니다.

그리움이나 기다림도 가슴에 품고 있을 때가 크지,

봄볕에 꺼내놓고 보면 초라한 나만의 환상일지도 모릅니다.

/

'아이가 그러는 데는 이유가 있다.'라고 생각하는 게 중요합니다.

아무리 어려도 자기 의견이 있고 마음이 있으니까요.

/

꼭 좋은 소리만 소통이 아닙니다. 싫은 내색도 하세요.

/

'비어 있는 모든 시간이 기다리는 시간이구나.

택시를 기다리고, 밥이 뜸 들기를 기다리고, 열차가 들어오길 기

다리고, 회사 면접 보고 소식 오길 기다리고, 아이가 청년이 되길,

저 사람이 나의 애인이 돼주길 기다리는 거구나.

사는 게 그런 거구나.'

돌아보니 그러네요.

기다리는 시간이야말로 내가 오로지 나하고만 있는 시간입니다.

기다림은 지금의 나와 또 다른 나 사이의 다리가 아닐는지.

/

차 막히고, 애인 기다리고, 슈퍼마켓 가서 줄 서고,

영화 관람 기다리는 게 버리는 시간이 아니에요.

진짜 버려지는 시간은 누구 미워하는 시간입니다.

뒤집어보면 누군가 내 사정을 알아준다는 게,
누가 나와 같다는 게 큰 힘이 되는 겁니다.
나도 추운데 당신도 춥겠군요 하는 말.
"오늘 날이 춥지요?"
얼마나 따뜻한 말입니까.

당신이
외롭지 않았으면
합니다

일어나 손이라도 잡아줄걸

여느 때처럼 아침을 달려서 방송국 구내식당에 왔습니다. 오프닝을 구상하며 아침 식사를 하려고 창가에 앉았습니다.

그때 옆 테이블에 앉아 식사하던 인상 좋은 아나운서 분이 다 드셨는지 식판을 정리하고 일어나시더군요. 가볍게 눈인사 정도 하고 밥술을 뜨려는데 "지난주에 마누라가 하늘나라로 갔습니다." 그러는 거예요. 어안이 벙벙해서 "네, 아이고" 소리밖에 못 했는데 벌써 퇴식구 쪽으로 발길을 돌려서 가고 있는 거예요. 뒷모습도 무척 수척해 보이던데….

"아이고" 소리밖에 못 한 게 얼마나 걸리는지 도대체 아침밥을 뭐 먹었는지 뭘 씹었는지도 모를 지경으로 자책만, 자책만 했습니다. 일어나 손이라도 잡아줄걸. 뭐,

좀 따뜻한 위로의 말이 없었을까? 가만히 돌이켜보니 남의 불행에 늘 무관심했어요. 아침부터 괜히 미안하고, 참 제가 봐도 제가 못나 보입니다.

마음은 단칸방이라서

한 주일을 부대끼며 보내고 맞은 주말 아침, 자꾸 친구
얼굴이 떠올라요. 갑자기 세상을 떠난 죽마고우 발인이
어제였어요. 뭐, 그 일은 그 일이고, 제 개인적인 일이잖
아요. 접어놓고 토요일 아침에 걸맞은 라디오 오프닝 멘
트를 써야지 하는데, 그게 참 힘드네요. 이런 때는 마음
에도 방이 몇 개 있든지, 서랍이 여러 개 있든지 하면 좋
겠다는 생각이 들더군요. 하나의 생각은 저 방이나 저 서
랍에 넣어두고 또 다른 생각을 할 수 있으면 참 좋을 텐
데…. 마음은 단칸방이라 그 선한 얼굴을 어디 숨길 데가
없네요.

　사랑에 빠진 사람들이 흔히 자기 자신에게 묻는 것 중
하나가 마음이 하나일까 둘일까죠. 마음이 하나여야 그
사람을 향한 내 마음에도 부끄러움이 없고 그 사람 마음

도 그럴 테니 나도 안심인데, 가만히 내 속을 들여다봐도 그게 아닌 것 같단 말이죠. 그 사람을 사랑하면 할수록 점점 더 불안하고.

마음이 한 개나 두 개가 아니고 여러 갠데, 그게 단칸방에 살아서 문제라고 생각해요. 각자 방이 있어서 심통 난 마음은 심통방에, 맨날 기분 좋은 마음은 깔깔방에 들어가 있으면 아무 방 친구나 들어가 만나면 되는데 한구석에 늘 처박혀 고민하는 놈, 신난 놈, 맨날 주판만 튕기는 놈, 허구한 날 말도 안 되는 시만 끄적이는 놈… 죄다 한방에 모여 있으니 마음이 늘 뒤숭숭하지요. 오늘 아침도 이 마음은 이래라 하고 저 마음은 저래라 합니다.

밥상 앞의 행복

요리라는 게 그렇잖아요. 결국엔 짠 하고 예쁜 그릇에 먹음직스럽게 담아내는 거지만 먹는 게 다는 아니에요. 만드는 즐거움이 있지요. 얼마 전에 집에 누가 와서 뭐 해줄까 했더니 난데없이 수타국수를 해달래요. 옛날에는 직접 국숫발을 뽑아서 하는 게 일도 아니었는데 이제 국수는 으레 사다 먹는 걸로 돼 있어요. 하긴 수제비도 기성품이 있으니. 까먹었지만 다시 국수 미는 거 배워보고 싶긴 하더라고요. 그거 밀어서 호박 넣고 멸치 국물 해서 칼국수 하면 구수하고 좋잖아요. 국수 밀면서 얘기도 하고. 국수가 아니라 그런 집 안 풍경이 그리운지도 모르겠네요.

라디오 사연에 딸들이랑 요리하는 재미에 빠졌다는 분도 계시고, 이모가 주먹밥 해줬더니 '가위바위보'의 주

먹인 줄 알고 가위밥, 보자기밥도 만들어보라고 한 짱구
도 있었어요. 식구들이 모여 할 수 있는 일이 여러 가지
일 텐데 맛있는 요리를 해보겠다는 게 많은 걸 보면 역시
밥상 앞이 행복한 거예요. 그러니 요리를 배우는 건 레시
피만 배운다는 게 아닐 것 같아요. 정성을 배우고, 식구
들 챙기는 법을 배우고, 결국 사랑법을 배우는 셈이지요.
뭐, 학교에서만 배우는 게 아니죠. 가정교육이 따로 있는
게 아니고.

먼저 다른 사람의 마음을 열기를

결혼할 나이도 됐고 여자 친구도 있는데 아직 결혼에 대한 확신이 안 서 고민이라는 청취자 편지를 받았습니다. 그런데 주위를 둘러보면 요즘 비슷한 고민을 하는 청춘 남녀가 부지기수입니다. 사회적인 병리 현상이 아닐까 하는 생각이 들 정도로 만연하고 있는데 이 남녀 관계라는 것이 너무나도 개인적인 일이기 때문에 제삼자가 개입하기 어려운 것 또한 사실입니다.

한 가지 희망적인 이야기는 동병상련의 입장에서 같은 또래의 고민을 함께 해결하도록 노력하다 보면 그 세대의 고민이 해결되지 않을까 하는 것입니다. 다시 말하면, 내가 나의 고민에 빠져 거기에서 헤쳐 나오는 것에만 몰두하지 말고 함께 나누고 모색하다 보면 길이 열리지 않을까요? 행운의 열쇠를 그려드리겠습니다. 이 열쇠로 자신보다 먼저 다른 사람의 마음을 열어드리기를 바라겠습니다.

바람이 날려버릴 것들

주말에 자전거를 타고 팔당대교 쪽으로 가는데 바람이
심하게 불었어요. 부러진 나뭇가지가 길에 수북할 정도
였어요. 또 하나 배웠네요. 가지 많은 나무 바람 잘 날 없
다고 하잖아요. 수령이 오래된 나무들은 둥치가 굵고 세
파에 시달려 구불구불 자랍니다. 튼튼한 가지도 있지만
여리고 병든 가지들도 있겠지요. 붙박여 있는 나무들한
테 바람 부는 시간은 씨앗만 날아가게 해주는 게 아니라
병든 가지를 쳐주는 힐링의 시간이 될 수도 있겠다 싶더
라고요. 나도 나무가 돼보자 싶었습니다. 몸에 병 없길
바라지 말라니 여기저기 아픈 거야 그렇다 치고 마음만
이라도요. 속상한 것도 있고 부족한 것도 있고 미운 거,
고픈 거 있잖아요. 그거 다 끼고 있어봤자예요. 어느 날
마음에 바람이 불면 다 날려버릴 것들입니다.

마음이 다가갈 틈

날이 흐렸어요. 봄 햇살 가득한 아침에 빛나는 벚꽃도 화사하고 좋지만 흐린 하늘 배경에 보니 한지에 그려 넣은 것처럼 운치 있어 보였습니다. 벚꽃이 핑크빛이 다 빠져서 아주 하얗던데 정말 사진 안 찍고 꽃 동굴을 빠져나가는 것도 인내심이 필요하더군요. 무턱대고 사진 찍기, 참 나쁜 습관이에요. 좋은 거, 예쁜 거 보면 우선 마음에 담아서 내 마음을 덥히고 감사한 마음을 한 번 더 가져볼 법도 한데 우선 사진기 들고 찍기 바쁩니다. 마음이 사물에 다가갈 틈이 없는 거예요. 돌이켜보니 차라리 사진 안 찍고 아쉬워하면서 예쁘게 핀 벚꽃 보고 또 보고 한 번이라도 더 눈 마주치길 잘했구나 싶네요. 휴대폰 꺼내서 그걸 찍었다면 '잘 담아놨지.' 하는 마음에 아쉬움도 안 남았을 것이고 보기도 덜 봤을 거예요. 마음도 놓치고 풍경도 놓친 거지요. 4월의 바보가 따로 없습니다.

휴대폰 사진을 보면 언제, 어디서 찍었는지 다 기록을 하잖아요. 만약에 우리의 추억도 언제, 어디서, 누구하고 같은 세세한 것들이 함께 기록으로 남는다면 그게 과연 추억이 될 수 있을까요? 추억은 일기장과는 또 다른 일인 것 같아요. 한마디로 아름답게 윤색될 수 있어야 추억이라는 거죠. 그래서 궂은일도 용서와 화해와 나아가 사랑이란 액자에 넣고 보면 그럴듯한 추억이 되지요. 아름다워서 추억이 아니라 추억이라서 아름다운 겁니다.

3장 당신이 외롭지 않았으면 합니다

하루 중 자신을 들여다보는 시간

심심하면 이제는 거의 무의식적으로 동영상을 보지요. 저 같은 경우는 음악을 들을 때도 있고 기타 연주와 관련되거나 자전거, 오토바이, 그 밖에 관심 가는 것들이 있으면 보게 되는데 어떤 것들은 조회 수가 엄청납니다. 몇백만은 우습고 몇천만, 몇억 뷰를 넘는 것들도 쎘습니다. 근데 그런 생각이 들었어요. 우리가 탐닉하고 보는 동영상이 그렇게 많은데 자신을 들여다보는 건 몇 회나 될까? 일주일 동안 자기를 바라보고 뭐, 그거야 나르시스나 하는 거라고 쳐도 스스로에 관심을 갖고 생각이나 해봤는지. 남들이 옳다고 하는 길을 수백, 수천 번을 보면 뭐 해요? 당장 내 눈앞의 길을 안 보면서. 참 고약한 중독이구나 싶었습니다.

이렇게 엎치락뒤치락 사는 거죠

강가의 버드나무에 물이 올라서 연둣빛이 완연해요. 이 맘때쯤에 가지를 잘라서 버들피리를 만들었죠. 봄 들에 퍼지는 버들피리 소리는 봄이 반갑기만 한 아이들의 환호성이었습니다.

버들피리까지는 아니어도 꽃노래가 나올 정도로 신이 나서 달리는데 웬걸, 자전거 체인이 엉켜버렸어요. 대충 수습하고 다시 달리는데 이번엔 체인이 아주 벗겨져버렸어요. 대뜸 '이거 오늘 방송 늦는 거 아냐?' 하면서 조치를 하는데, 조금 전까지 나오던 콧노래는 쏙 들어가버렸어요. 겨우 고치고 시커메진 장갑은 버리고 조심조심 방송국으로 오는데 아까와는 달리 페달이 얼마나 무겁던지, 이게 삶의 무게구나 했습니다. 그래도 어쨌든 잘 도착했으니 일단 밥부터 맛있게 챙겨 먹었습니다. 또다시 인생이 가벼워졌습니다.

　뭐, 이렇게 엎치락뒤치락 사는 거죠. 끝나고는 자전거
포부터 가봐야겠습니다.

날이 춥지요

"날이 춥지요?" 이 인사말이 참 따뜻하게 들리더라고요. 함축적이라는 건 이럴 때 쓰는 거 같아요. 날이 이렇게 추운데 밤새 따뜻하게 주무셨습니까? 날이 이렇게 추운데 수돗물은 안 얼어 터졌습니까? 이렇게 추우면 어르신들은 거동하시기 힘든데 부모님은 안녕하신가요?

이 모든 말이 아침 인사에 들어 있는 것 아니에요. 싸우는 시어미보다 말리는 시누가 더 밉다는 말도 뒤집어보면 누군가 내 사정을 알아준다는 게, 누가 나와 같다는 게 큰 힘이 되는 겁니다. 나도 추운데 당신도 춥겠군요 하는 말. "오늘 날이 춥지요?" 얼마나 따뜻한 말입니까.

아름다움은 언제나 너무 멀고

오늘은 차를 타고 오다 고상한 한복 색깔 같은 겨울 하늘이 예뻐서 사진을 몇 장이나 찍었네요. 그런데 찍으면서도 저걸 예쁘다고 할 수 있나? 했습니다. 저렇게 막막하게 넓은 하늘에 아기나 꽃 볼 때 쓰는 '예쁘다'는 말을 써도 되나 싶었던 거지요. 별도 그렇잖아요. 별무리를 보면 감탄이 나올 정도로 아름답지만 그 아름다움은 언제나 너무 멀고, 멀어서 오히려 슬프지 않았던가요. 가만 보면 이 세상의 아름다움은 우리가 감당할 수 없게 늘 거대했는지 모릅니다. 너무나 위대했는지 모릅니다. 그런 걸 떠올릴 때마다 어머니의 사랑이 생각납니다. 모정, 모성. 얼마나 오래되고 얼마나 큰 사랑입니까. 아마 그런 사랑에 가위 눌려 우리는 소확행을 꿈꾸는지도 모릅니다.

고독을 견디는 일

다른 모든 일도 마찬가지입니다만, 진실한 마음을 담는다는 게 힘들다는 걸 방송을 하면서도 느낍니다. 남편과 수개월 단위로 떨어져 있는데 그 시간에 뭘 배우면 좋을지 고민하는 사연이 있었습니다. 그저 혼자 있는 시간에 무얼 배웠으면 좋겠냐고 묻는 사연으로 생각해서 요리를 배우시면 어떨까 하고 말씀드렸습니다. 근데 집에 와서 다시 꼼꼼히 읽어보니 '무얼 배우면 좋겠습니까?' 하고 묻는 게 아니라 '본질적인 고독'에 관한 편지로 읽히더군요. 건강한 육체에 담긴 쓸쓸한 고독에 관한 사연인 거지요. 제 생각에 많은 사람이 고독, 즉 외로움을 자신의 인생에서 거두어내야 할 부정적인 마음 상태라고 여기는 잘못을 저지릅니다. 마치 사랑에 빠지면 행복이 열리고, 이별을 하면 불행의 늪에 빠지는 거라고 생각하는 것처럼 말입니다. 그러나 사랑과 이별은 따로 떼어 생각할 수 있는 게 아닙니다. 빛과 어둠은 하나의 짝을 이루고, 슬픔과 기쁨도 마찬가지입니다. 저는 자신이 고독으로부터 벗어나야 한다고 생각하기 전에 고독의 짝을 찾아보라고 하고 싶습니다. 내가 무엇인가로부터 떨어져 있는 느낌이 고독이라고 한다면 내 안이 무언가로 채워져 있는 느낌이 고독의 짝일지도 모릅니다. 그걸 찾아보라는 겁니다. '충만', '풀니스^{fullness}' 이런 단어를 연상케 하는 그걸 찾는 순간 고독은 아마 사라질 것입니다.

당신이 외롭지 않았으면 합니다

추석 연휴인데, 저는 이런 연휴 때가 되면 외로워요. 이상해요. 저희 집이 식구도 단출하지만 제 생활도 단조로운 편이에요. 그래서 평소에도 늘 혼자고 또 혼자 있는 게 싫지 않은데, 이상하게 명절 때 텅 빈 거리를 보거나 문 닫은 상점들을 보면 그때까지 잊고 살던 외로움이 고개를 들어요. 갑자기 남편이 출장을 가면, 그전에는 친구도 만나고 할 일이 많을 것 같았는데, 막상 떠나고 나니까 보고 싶다는 분들 계시거든요. 그런 마음인가? 하여간 늘 곁에 있던 것들이 내게 그렇게 큰 위로가 되었구나 싶습니다. 아이들이 사라진 놀이터의 축 늘어진 그네를 보고 새삼 내 마음의 빈터를 느낍니다.

가끔 초저녁에는 맥을 못 추게 졸리다 오밤중에 깨어 뜬눈으로 밤을 새울 때가 있어요. 뭐, 할 일이나 있나요?

조끼를 걸치고 퉁퉁 기타를 튕기다 보면 처음에는 소리를 내는 것에 집중하다 조금 지나면 그 소리를 듣게 돼요. 방백을 하다 독백이 된다고나 할까요? 아무튼 그렇게 소리를 듣다 보면 사람이 참 외로움을 많이 타는 동물이구나 싶어요. 그 고독한 시간을 벗어나고 싶어 기타를 치면서 빨리 아침이 오길, 빨리 라디오 가족들을 만나러 가야지… 그러면서 벌써부터 기다리는 거잖아요. 기다리는 모든 것. 그게 생일 파티가 됐든, 예쁜 옷이 됐든, 오랜만에 만나는 친구가 됐든 뒤집어보면 외로움의 다른 모습 아닐까요? 제게 라디오가 있다는 건 큰 위로가 아닐 수 없습니다.

그리움벌레

가끔 방에서 벌레를 만날 때가 있습니다. 들어올 구멍도 없는데 큰 나방이 창문에 붙어 있기도 하고, 바퀴벌레야 이 세상 어디 못 가는 데가 없다고 하니까 제 방을 어슬렁거리는 게 이상할 게 없지만, 도대체 그놈들이 땅굴을 파는 것도 아니고, 하늘에서 떨어진 것처럼, 땅에서 솟은 것처럼 나타날 때가 있어요. 꺼내서 밖에 내주기도 귀찮고 해서 그냥 모른 체하고 며칠 지나면 또 어디론가 사라져요. 어디 비상구가 있는 건지. 저더러 요즘 촬영 다니는 세트장에 내비 없이 가보라고 하면 정말 갈 자신이 없거든요. 시력도 변변찮은 데다 더듬이로 더듬더듬 세상을 가는데 잘도 찾아다니는 벌레를 보면 그저 어안이 벙벙할 뿐입니다.

   길은 사람들만 만들어서 다니나 봐요. 다른 짐승이나

벌레는 가는 데가 그냥 길이고. 저는 마음속에 길 하나 내볼까 합니다. 보고 싶은 사람에게로 그리움벌레가 되는 거예요.

그리움이나 기다림은 빈 것에 대한 촉감

방송국 오는 길에 무얼 보느냐 하는 건 그날 하루의 점괘를 보는 것처럼 흥미가 끌리는 일입니다. 근데 저의 의지와는 상관없는 우연한 만남인 경우가 대부분이에요. 일종의 '재수떼기'예요. 똥이 떨어지면 돈이고, 비가 떨어지면 손님이고, 오늘은 어떤 날이 될지.

물론 철마다 보이는 것들이 있지요. 나뭇잎이 다 져서 지금은 건너편이 훤히 보이는 길도 한여름엔 초록 성곽이었고 봄에는 꽃 잔치 마당이었습니다. 이제 와 생각하니 그렇다는 거지 바로 그 아침에는 그것도 다 우연이었을 거예요. '어, 언제 저렇게 꽃이 피었지?', '언제 저렇게 녹음이 우거졌나?' 하며 신기한 눈으로 보았겠지요. 오늘 아침의 우연한 만남은 텅 비어 있는 길이었습니다. 길이라는 게 늘 그런 건데 왜 비어 보였을까요? 맞다. 그

리움이나 기다림 이런 게 혹시 빈 것에 대한 촉감 아닐까
요? 오늘 아침은 뭔가 잃어버린 기분이에요. 뭘 놓고 왔
나?

새들도 외로운 건 질색하는구나

저희 방송국 바로 옆에 오목공원이란 공원이 있거든요. 좋아요. 운동 시설도 있고, 나무도 있고, 벤치도 있고. 요즘 카메라는 죄다 오토 포커스니까 초점 맞출 필요가 없지만 수동 카메라는 손으로 렌즈를 돌려서 맞추잖아요. 렌즈 옆에 보면 거리가 숫자로 쓰여 있어요. 그리고 멀리 있는 거 찍을 때는 8 자 옆으로 누운 것 같은 무한대에 놓고 찍잖아요. 아직 카페가 문을 안 연 시간에 우두커니 창밖을 봤는데, 제 눈의 초점을 그런 식으로 무한대로 놓고 뭘 보는 것도 아니고 안 보는 것도 아닌 채 멍청하게 눈을 열어놓고 있었지요. 그때 새 한 마리가 지나가더니 잎이 하나도 없는 나무에 가서 앉더라고요. '쟤 춥겠다.' 하고 있는데 이내 또 한 마리가 날아오더니 아주 딱 붙어 앉더라고요. 벗어놨던 안경을 얼른 꼈지요. 멀리서 봐도

둘이 꽁냥꽁냥하는 게 보여요. '새들도 외로운 건 질색하
는구나.' 싶더군요. 예뻤습니다.

기다리는 시간이야말로 진짜 내 시간은 아닐까

흔히 배우를 기다리는 직업이라고 해요. 그렇게 기다릴 게 뭐 있냐 싶지만, 현장에 가보면 기다릴 일투성이입니다. 일 순서야 다 짜놓지만 내가 나오는 신만 연이어 찍는 게 아니잖아요. 이거 찍을 땐 하고 저거 찍을 땐 기다리는 거예요. 또 나는 준비가 다 됐는데, 앞서 찍은 배우가 계란 세례를 받아서 그거 다 씻고 찍어야 된다면 기다려야지 별수 있나요? 또 밤 신 찍으려면 해 떨어져야 되고, 옷 갈아입고 다친 팔 만들려면 붕대 감아야 되고, 상처를 입었으면 그거 또 칠하고요. 조명은 또 어떻고요? 셀카처럼 철커덕 찍는 게 아니라, 실내에서도 밤낮이 바뀌면 조명을 죄다 바꿔야 돼요. 제가 〈아침창〉을 하기 1시간에서 1시간 반 전 방송국에 오는데요. 라디오 방송 시간 기다리는 건 기다리는 것도 아녜요. 기다리는 데 이

골이 난 걸 보면 저도 배우가 다 됐나 봅니다.

엊그제는 거의 자정이 다 된 시간에 드라마 촬영이 잡혔어요. 아침에 방송 마치고 12시간 넘게 기다렸다 나가야 하는데 거 참, 뭐 손에 잡히는 것도 없고. 문득 그런 생각이 들더군요. 뭔가를 기다리는 시간이야말로 진짜 내 시간이 아닐까 하고요. 손에 쥔 게 내 돈이라고 하잖아요. 다른 사람 주머니에 있는 돈은 남의 돈이지요. 시간도 기다리는 내가 주인인 거예요. 기다리는 내 시간을 남이 쓸 수도 없는 거고.

누군가가 나를 기다려준다면 그 사람이 자기 시간을 쓰는 거잖아요. 말하다 보니 그러네요. 사랑도 기다림이랑 똑같아요. 세상천지에 사랑이 넘쳐도 내가 해야 사랑이지요. 밤 11시에 주섬주섬 옷 챙겨 입고 다녀왔습니다.

희망을 품고 걸어가는 하루

요즘엔 뭐든지 카드로 하지만 저희 때는 회수권이라는 게 있었어요. 도장이 찍혀 있어서 한 장씩 주면 만화를 볼 수 있는 일종의 쿠폰도 있었지요. 어음이나 상품권 같은 건데요. 그런 걸 놓고 이런 얘기를 했었어요. "야, 회수권이 주머니에 있는데 걸어가는 거하고 진짜 없어서 걷는 거하고 다르다." 주머니에 언제라도 버스를 탈 수 있는 버스표가 있는데 걷는 것하고 돈이 없어 하는 수 없이 걷는 거는 기분이 천양지차라는 거지요. 가슴에 희망이 있는 하루와 그게 없는 하루는 같은 하루가 아니지요. 약간 차지만 봄이라는 희망이 있으니 추운 건 아랑곳없습니다.

아름다운 희생의 세상

봄에 핀 꽃만 가던 길을 멈추게 하는 게 아니군요. 오던 길에 낙엽 수북한 길가에 자전거를 세우고 이 글을 썼습니다. 성긴 나뭇가지 사이로 희끗희끗한 하늘이 올려다보이는 버드나무 아래입니다. 속절없이 떨어져 있는 나뭇잎을 보면서 낙엽이 아름다운 이유는 미련 없음 때문이 아닐까 생각했습니다. 올봄 햇살이 궁금해 세상에 나왔던 어린잎들이 한여름 내 일을 열심히 해서 꽃에는 아름다운 영광을 주고, 나뭇가지에는 튼튼한 껍질을 주고, 열매에는 희망의 내일을 주고 말라버린 모습이 거룩해 보였습니다. 혹시 바람이 들었을지 모르지만, 쓸쓸하다는 말 한마디도 없이 누워 있는 낙엽을 뒤로하고 다시 페달을 밟았습니다. 멋지다 하면서 오다 보니 천지가 다 낙엽입니다. 가을, 아름다운 희생의 세상이었습니다.

찻잔은 시간이 고이는 곳

아침에 차를 한잔 마시면 시간이 고이는 느낌이에요. 왜, 바쁠 때 한숨 돌리면서 마신다는 분들, 특히나 아기 있는 분들은 아기 재워놓고 평일에 식구들 다 나가고 나만의 시간이 생기면 커피를 타놓고 앉는다든지 그러시는 분이 많은데, 차라는 게 그런 것 같아요.

　냇물 흐르거나 하늘에 구름 떠가는 걸 보고 있으면 끝없이 흘러가잖아요. 잠시도 가만히 있질 못 하고 어디론가 갑니다. 마치 우리가 어디로 가는지도 모르는 인생이란 뗏목에 타고 있는 것처럼. 그런데 차를 앞에 두고 있으면 시간이 찻잔을 피해서 가는 것 같아요. 하긴 낚싯대를 드리우고 있어도 피해 간다지요.

사흘 넘어가는 심통은 없다

아침이 썰렁하네요. 빨아 넌 옷같이 깨끗한 햇살을 보면서 맑은 날 예약 없이 오고 궂은날 말없이 가는구나 싶어집니다. 그런데 재미있는 게요. 마음속 기상 변화도 그렇습니다. 이유 없이 우울해져서 아침부터 맥이 없고 의욕도 없고 짜증만 나고 할 때가 있는가 하면 또 그런 날이 언제였나 싶게 긍정 마인드가 햇살처럼 퍼질 때가 있습니다. 그런 날에는 끼어드는 차한테 양보도 잘하고 약속 시간에 늦었어도 커피 한 잔 빼 들고 여유만만해지잖아요. 날씨 아랑곳없이 이렇게 청명한 날에도 괜히 가슴이 답답할 수도 있어요. 그러나 그럴 때 '이래 봤자 잠깐이다. 곧 갠다.' 하고 믿어보세요. 제가 볼 때 사흘 넘어가는 심통은 없는 것 같아요. 본인이 힘들어서.

다시 제자리

누구나 가끔은 자기 자리에서 벗어나보고 싶은 때가 있지요. 꼭 무슨 스트레스 주는 부장님 모시고 있는 회사원이나 애들 치다꺼리에 넌더리가 난 주부가 아니라도 그저 이게 나려니, 나란 사람은 으레 이랬지 하는 걸로부터 벗어나보고 싶을 때가 있는 거예요. 그런 마음에 여행을 떠나기도 하고, 쇼핑하기도 하고, 친구를 만나거나 어둠이 깃든 영화관을 찾기도 합니다. 그러나 여행에서 돌아오고, 친구와의 수다가 끝나고, 영화 엔딩 크레딧이 올라가면 나는 다시 제자리로 와 있습니다. 화려한 생활을 꿈꾸며 보석상의 쇼윈도를 기웃거리던 〈티파니에서 아침을〉의 오드리 헵번이 되는 거지요.

투명한 새벽 발걸음

지난 수요일인지 라디오 방송 마치고 집으로 가는데 국회의사당 근처에서 나뭇가지를 물고 날아가는 까치를 봤습니다. 새끼 까치들이 나오는 봄에는 자주 볼 수 있는 풍경이지만 한겨울의 집수리라 좀 의아했습니다. 뭐, 어쨌든 며칠 지켜봤더니 집에 바람이 들든지 비가 들이치든지 했으니까 그걸 찾으러 나섰을 것 아녜요. 순간 까치도 영물이구나 싶었습니다. 당장 자기 자신이 비 가릴 데가 필요해서일지도 모르지만, 그것보다는 짱구, 짱아 까치가 추울까 봐 물고 가는 걸로 보였습니다. 굴을 파든 나뭇가지를 엮든 흙을 쌓아 올리든 나만을 위하는 일이 아니잖아요. 그날 까치에 세상 부모들의 걸음이 겹쳐 보였습니다.

어둑한 새벽 출근길 집을 나서는 저의 발걸음은 50년

전 아버지의 발걸음을 닮았습니다. 돌이켜보니 평생 아버지랑 나눈 말이 A4 한 장이 안 될 것 같습니다. 말없이 어떻게 그 길을 배웠는지.

라디오에 아기 낳고 나면 그제야 엄마가 보인다는 이야기 많이 보내오십니다. 일주일에도 수많은 이야기가 쏟아져 들어오지만, 20여 년이 흘렀어도 아버지 이야기는 A4 열 장이나 될까요? 세상의 아버지들은 투명 인간 같아요. 형, 동생, 엄마, 이모, 삼촌, 친구 얘기는 빠지지 않지만 아버지는 없어요. 그래 투명 인간이면 어떤가요. 새벽 일 나간 세상의 모든 아버지를 응원합니다. 뭐, 누가 알아주길 바라서 일하나요? 그저 내 가족이 행복하다면 새벽을 여는 것쯤이야.

비도 그리움이네

반팔 티를 입고 있으니 쓸쓸해요. 담요를 꺼내 뒤집어쓰고 있으니 그나마 온기가 포근하게 느껴지더군요. 벌써 따뜻한 게 좋은 계절이구나. 아파트 창문을 열고서야 비가 오는 걸 알았다는 친구가 "비도 그리움이네~." 하고 문자를 보냈더군요. 그 문자를 보고 나니 '따뜻한 것도 그리움이네.' 싶었습니다. 그러다 보니 얼핏 지난가을 냄새가 코끝을 스치는 것 같아요.

선선한 가을 아침이 슬쩍 던지고 간 추억은 이발소입니다. 요즘은 남녀 구분 없이 미용실에 가서 머리를 가다듬지만 예전에는 남자들은 이발소, 여자들은 미용실에 가서 머리를 했습니다. 그러니 저도 미용실은 간판만 봤지 속은 어떻게 생겼는지 잘 모릅니다. 하여간 그 속에 들어갔다 나온 엄마의 머리는 라면이 돼 있곤 했습니다.

그것도 입학식이나 졸업식, 누구 결혼식 때나 해보는 호사였습니다. 오늘 아침이 제게 가져다준 추억은 그게 아니고 이발소에 걸려 있던 풍경화들입니다. 가난이 괴죄죄한 이발소에 걸려 있던 평화로운 시골집이나 시냇물 흐르는 진한 색의 물감 냄새가 나는 듯한 풍경화가 사무치게 그립습니다.

우리에게 추억이 없다면 얼마나 수수깡 같은 사람이겠습니까. 얼마나 메마른 인생이겠어요. 오늘도 추억이 됩니다. 하루하루가 말 그대로 아름다운 추억이 되었으면 좋겠습니다.

진실한 친구 한 명이면 충분하다

길거리를 지나만 가도 괜히 어른들이 "좋을 때다." 하시던 학창 시절, 친구는 왜 또 그렇게 좋은지. 등굣길에 만나도 반갑고, 시험 끝나고 미성년자 관람 불가 영화 보러 갈 때도 신나고, 서로 도시락 뺏어 먹으면서도 즐거웠습니다. 친구가 없었다면 때 안 거르고 다가오던 시험 기간이나, 따분하기 그지없는 수업이나, 자유라고는 꼴랑 노는 시간뿐이었던 그 시절을 추억이랍시고 담아놓기나 했겠어요. 인생 지우개가 있다면 박박 지워버렸겠지요.

요새 초등학생들은 친구 부를 때 톡을 보내겠지요? 딩동. "야, 뭐 하냐? 놀이터에서 만나자." 그럴 거예요. 저희 때는 뭐 있나요? 친구 집 근처 골목에 가서 "창수야, 놀자. 헌이야, 노올자." 하고 불러댔지요. 친구가 대뜸 문 열고 나오면 좋으련만, 친구 엄마가 대문을 열고 "창수 지금 공부하니까 너도 그만 돌아다니고 집에 가서 숙제 해." 그러고 대문 닫히는 소리가 들리면 갑자기 어둠이 확 밀려오는 느낌이 들곤 했습니다. 애시당초 나가 놀 시간이 아니었던 거지요. 갑자기 왜 친구 부르는 얘기가 나왔냐면요. 오는 길에 들으니 매미 소리가 요란한데 목청이 굵은 놈은 거의 개구리 소리 같아요. 애타게 친구 이름을 부릅니다. 온갖 이름이 다 쏟아져 나오는데 저렇게 엉망진창으로 한꺼번에 이름을 불러서 친구가 찾아질까 싶더군요. 남대문시장에서 김 씨 부르는 거와 다름이 없어요.

지난 화요일이었습니다. 그날 라디오에 초딩인지 중딩인지 하는 짱구가 자기는 '아싸'인데 어떡하면 친구가 많은 '인싸'가 될 수 있냐고 물어 왔는데 제가 얼버무리고 말았어요. 그런데 그게 자꾸 마음에 걸리더라고요. 그래 곰곰이 생각해봤더니 요즘 아이들한테 패거리 문화가 있구나 싶더군요. 옛날에는 잘난 놈이든 못난 놈이든 패거리 지는 것에 대해서 어른들이 경고를 했습니다. 왕따를 시키는 것 자체를 금기시했지요. 그래서 놀이를 할 때도 끼워줄 수 없는 지경이라면 깍두기라도 시켜줬어요. 제가 오늘 확실하게 그 짱구한테 말해주겠습니다. "인싸 부러워하지 마라. 친구 많을 필요도 없다. 네가 가장 좋아하는 친구 한 명이면 충분하다."

여유란 마음을 어디에다 놓느냐의 문제

뭐, 사람마다 다르겠지만 저는 바쁜 건 견딜 수 있는데 한가로운 건 못 참는 것 같아요. 왜, 마음을 들볶는다고 하잖아요. 그냥 일이 없으면 쉬면 될 텐데 뭐 할 거 없나 두리번거리고 일 찾느라고 마음이 분주하더라고요.

얼마 전 차를 수리할 일이 있어서 정비소에 가 있는데, "○○번 차주 어디로 오세요." 하는 안내 방송 나올 때까지 딱히 할 일이 없었습니다. 말을 섞으면 정비사가 귀찮아할 테고, 정비소 안에는 이름 모를 연주가들의 음악이 무심히 흐르고 있었습니다. 순간 이 틈에 쉬는 것도 괜찮다는 생각이 들었어요. 그런데 거기까지가 저의 참을성이에요. 이내 그 잠깐을 못 기다리고 주말 라디오 오프닝 멘트를 썼습니다. 참 병이다 싶었어요.

며칠 전에도 뭐 할 일 없나 기웃거리다가 이것도 한심

한 일이다 싶더군요. 여유란 게 시간 많고 돈 많고 해서 생기는 게 아니더라고요. 마음을 어디에다 놓느냐 하는 문제인 것 같아요. 들판에 나가 있어도 마음이 시장통이면 가슴으로 바람 한 줄기 들어오기 힘들지요.

과대 포장이어도 할 수 없지요

오랜만에 주말에 일 없이 집에 있으려니까 진짜 할 일 없었습니다. 한동안 주말마다 촬영에 공연에 일이 있었거든요. 원하던 시간이다 싶은 시간이 막상 주어지니까 할 게 없다는 게 좀 어처구니가 없었어요. 뭐, 원하는 거 할 수는 있겠지요. 자전거를 타든 테니스를 치든 등산을 가든. 오랜만에 친구를 만날 수도 있고요. 그런데 그 여러 가지 선택지가 있다는 게 갑자기 공황을 가져오는 거예요. 평소에는 할 일이라는 거에 끌려다니다 '너 혼자 하고 싶은 거 해보세요.' 하면 갑자기 멘붕이 오는 거지요. 그래서 일중독이라는 말이 생겼는지도 모르지만. 아무튼 일요일 아침에 생기는 이런 불안 심리를 잘 살펴보면 거기에 스스로 소외시켰던 내가 오롯이 떠오르는 것 같기도 해요. 그러고 보면 나 자신을 알아가는 거야말로 인생의 숙제 아닐까 하는 생각이 듭니다.

그런데 이게 시간만 그런 것도 아니네요. 원하던 곳엘 갔거나, 원하던 걸 갖게 돼도 생각처럼 대단한 환희가 생기는 건 아닐지도 모릅니다. 영화 〈졸업〉의 마지막 장면이 저는 참 인상적인데요. 기껏 원하던 애인을 결혼식장에서 데리고 도망쳐서 버스를 탄 더스틴 호프먼의 표정이 가관입니다. '지금 무슨 일이 벌어진 거지?' 하는 멍청한 표정을 짓고 있지요.

아무리 생각해봐도 주말은 과대 포장이에요. 어린이 과자 종합 선물 세트 같은 거요. 옛날에는 그거 하나 선물 받으면 입이 있는 대로 찢어졌습니다. 동네에서 제일 부자가 된 기분이었거든요. 과자, 사탕은 물론이고 당시에 유행하던 미니카나 인형도 같이 들어 있었잖아요. 저는 선물 상자의 번쩍번쩍하는 비닐 포장이 환상의 원흉이라고 생각합니다. 그걸 뜯는 게 꿈으로 들어가는 거거든요. 아무튼 주말은 그렇게 뜯기고 그저 그런 맛의 과자 부스러기 같은 주말은 지나갑니다. 과대 포장이었어도 할 수 없지요. 그만큼 행복했으면 됐습니다.

서늘한 냉기에 재채기할까 말까

아침에 눈을 뜨니 썰렁한데, 아이유 '가을아침'이 귓가를 간지럽혀요. 그 노래에서 "서늘한 냉기에 재채기할까 말까" 구절이 좋아요. 뭐, 아침을 깨우는 게 자명종일 수도 있고 엄마의 고함이나 새들 노랫소리일 수도 있지요. 그런데 나의 새 아침을 흔들어 깨운다는 건 그저 하루의 시작 정도의 일이 아니에요. 생각해보면 엄청나게 행복하고 다행스럽고 감사한 일입니다.

아기 때 왜 잠투정하는지 아세요? 저만의 기억인지 몰라도, 잠드는 게 끝없는 심연으로 가라앉는 느낌이었어요. 다시는 세상으로 기어 올라올 수 없을 것 같았어요. 아마 그래서 아침에 혼자 깨서 놀고 있는 아기들이 벙실거리고 있는 건지 몰라요. '와, 살았다.' 하면서… 어른들의 아침도 아기들의 아침과 다를 바 없지요.

일전에 빵 만드는 분의 얘기를 들었는데, 계란이고 우유고 버터고 다 실온이 되게 맞추어야 한다는 말이 있었어요. 안 그러면 반죽이 엉겨 붙고 잘 안 섞인다나. 빵 하나도 그런데 이런 아침을 빚으려면 얼마나 복잡하겠어요. 강물 온도랑 잠실 풀밭의 온도도 맞춰놔야 하고, 어딘가의 공기를 잘 부풀게 해야 바람도 살랑살랑 불 것 아니에요. 그것뿐이 아니에요. 이런 아침 시간 맞춰서 딱 내놓으려면…. 아이고, 밤 꼴딱 샜을 거예요. 자고 일어나니 이런 아침이 차려져 있다는 게 그저 감사할 따름입니다.

삐거덕거리는 아침이라도

아침에 일어나 매일 하는 스트레칭을 하는데 어깨에서 우지끈하며 나무 부러지는 소리가 나요. 무릎에서도 콩깍지 터지는 소리가 나고. 시골 가보면 논두렁에 심어놓은 콩들이 있어요. 거기에 통째로 불을 놓으면 콩이 익으면서 콩깍지가 터지면 툭툭 소리가 나거든요. 피노키오도 아니고, 어떻게 나무토막 부딪히는 소리가 나는지…. 탱탱볼 같던 무릎은 상상할 수도 없습니다.

그러고 보니 저희 어머니도 그러시겠지만 저보다도 훨씬 나이 많은 분들의 아침은 얼마나 더 소란스러울까 싶더군요. 삐거덕거리는 아침이라도 감사한 마음으로 하루를 시작해봅니다.

맨날 일만 하고 무슨 재미로 사냐면

어제 술추렴을 하면서 이 얘기 저 얘기 하는데 제 생활의 90퍼센트는 먹고사는 데 썼더라고요. 내 삶의 꼴랑 10분의 1 갖고 자전거 타고 노래하고 그림 그리고 술 마시고 하는 거예요. 저의 이런저런 활동도 겉보기엔 화려하고 자유로워 보이지만 한강의 오리예요. 생활이란 물속의 발은 바쁘기만 합니다. 저더러 맨날 그렇게 일만 하고 어떻게 사냐고들 하는데, 그럼 어떻게 하고 살아야 돼요? 일이 있어서 어디 못 가고 뭘 못 하고, 일이 있어서 왕따 당하고 심심한 걸 제가 뭐 어떻게 하겠어요? 그러고도 〈아침창〉 하러 오면 또 좋은걸. 아무튼 즐거워요. 일이 됐건 놀이가 됐건.

지난주 비에 갇혀 어디 나가지도 못 하고 누워 있다가 그런 생각을 했어요. 옛날에는 어마어마한 사람을 동원

하고 거기에 왕이나 대단한 귀족의 후원을 받아야 여행을 떠날 수 있었잖아요. 말이나 나귀 등에 잔뜩 짐을 얹고 하인들을 대동하고 큰 범선을 띄우거나 개 썰매를 타거나…. 그런 걸 여행이라고 해야 하나? 탐험이나 원정이라 할 수 있겠지요. 허나 요샌 어때요? 돈과 시간 있고 부장님 허락 맡으면 여권 들고 세계 어디고 갈 수 있는 세상이 됐으니 시대가 바뀌어도 조금 바뀐 게 아닙니다. 그런데 또 재미난 게, 저는 가라 해도 갈 마음이 조금도 없어요. 그래서 등짝을 마룻바닥에 대고 혼자서 씩 웃었습니다. 어디 안 가고 누워 있는 게 너무 좋은 거예요. 저의 저렴한 취향이 이해가 가세요?

익숙해진다는 것

익숙해진다는 게 참 그렇네요. 만년필이나 시계 같은 것도 몇십 년씩 지니고 있으면 거의 내 몸 같잖아요. 그런 물건들도 그렇고, 가족이나 오래된 친구들, 그렇게 내 삶이 된 사람들의 존재감은 희미해질 수밖에 없죠. 되짚어 보면 그게 다 내 행복의 시작이고, 어쩌면 내 행복의 종착역인데, 이제는 한가운데 들어와 존재감이 희미해진 겨울을 바라보다 생각이 비약했네요. 어쨌거나 잊고 살던 내 주위의 사소하지만 소중한 걸 깨닫는 순간, 행복이 별건가 다 그런 거지 싶기도 합니다. 글을 써놓고 더할 말이 없어 휴대폰을 열어보니 친구 문자가 와 있네요. "굿모닝, 새해가 시작됐나 싶더니 일주일이 지나가네요. 늘 즐겁게 지냅시다~." 친구의 아침 인사가 저의 행복을 흔들어 깨웁니다.

지구에서 2천 광년 떨어진

1977년. 취입을 하기 위해 처음으로 녹음 스튜디오에 들어갔을 때의 느낌을 잊을 수가 없다. 육중한 문이 닫히는 순간 나는 귀가 먹었다. 아무 소리가 안 들린다는 것은 소리 나는 게 없다는 뜻이기도 하지만, 들려오는 소리를 못 들어도 결과는 마찬가지다. 스튜디오 문을 닫자마자 아무것도 들리는 게 없으니 소리가 사라졌다기보다는 그대로 청각장애인이 된 느낌이 먼저 들었다. 어두운 곳에 갑자기 들어갔을 때 처음에 아무것도 보이지 않으면 순간 눈이 먼 것처럼 느껴지는 것과 같은 이치였다. 그 정적의 세계는 단절의 세계였으며, 롤링 스톤스의 노래 제목처럼 '지구에서 2천 광년 떨어진' 고독한 세상이었다. 엔지니어가 토크백 스위치를 넣자 곧 세상과의 소통이 이루어졌다.

녹음을 하다 보면 이 세상에 얼마나 많은 소음이 있는지 알게 된다. 녹음을 방해하는 소리는 끝이 없다. 심지어 입술에서 나는 소리까지 '립 노이즈'라 부르며 편집 과정에서 지워내기도 한다. 스튜디오 밖에서의 녹음은 소음과의 전쟁이다. 자동차 소리, 오토바이 소리, 비행기 소리, 경운기 소리, 새소리, 매미 소리…. 영화나 드라마 촬영을 할 때에는 늘 그런 소음과 한바탕 씨름을 하곤 한다. 매미 소리가 방해되면 나무에 돌팔매질을 하기도 하는데, 그러면 매미들이 사정을 안다는 듯 이승에서의 마지막 구애 소리를 잠시 멈추어주기도 한다. 비행기나 버스가 지나가면 할 수 없이 마이크를 조용히 내려놓고 기다리는 수밖에 없다. 개가 짖으면 먹이로 회유하기도 하고, 차가 지나가려 하면 잠시 시동을 꺼달라고 사정을 하기도 한다.

이 세상은 온갖 시끄러운 소리로 가득 차 있다. 그런 소리들이 도를 넘어 이제는 '소음 공해'라는 말까지 생겼다. 더군다나 아파트 층간 소음이 이웃들 간의 분쟁을 만들 지경이니 소리의 파괴력이 두꺼운 시멘트 벽을 무력하게 만든다고 해도 지나친 말이 아니다. 음식점의 TV나 백화점의 스피커에서도 쉴 새 없이 소리가 쏟아져 나온다. 고속도로 휴게소는 새로운 소음급 음악의 전당이다. 빠른 4분의 4박자, 단조로운 비트에 실린, 심금을 울리다 웃음보를 건드리는 음악은 우리나라 고속도로 휴게소가 아니고서는 이 세상 어디에서도 들어볼 수 없을 것 같다.

이런 소음 천국에서 사라지는 소리가 있다. 옛사람들이 '삼희성三喜聲'이라 하는 세 가지 듣기 좋은 소리가 있었다. 첫째는 아기 울음소리였다. 층간 소음을 가로막으니 아기 울음소리가 이웃에 들릴 리가 없다. 아마도 며칠 아기가 우는 걸 내버려두면 틀림없이 위층이나 아래층 사람들이 찾아와 현관 벨 누르는 소리를 듣게 될 것이다. 예전에는 아기 울음소리 정도는 시장통에서도, 버스나 기차 안에서도, 심지어 극장 안에서도 들렸다. 아이들 글 읽는 소리도 사라지는 소리 중 하나다. 요즘 아이들에게 휴대전화나 노트북은 신체의 일부다. 세상과 통하는 인터페이스가 그들이다. 그러다 보니 눈으로 듣고 손가락으로 말한다. 귀에 꽂힌 이어폰은 세상의 소음을 차단하는 장치다. 그러니 그들이 소리 내어 글을 읽을 리 만무하다. 부지런한 아낙의 다듬이 소리도 사라진 소리다. 누군가에겐 자장가 소리가 되기도 했던 그 소리를 이젠 압축된 디지털 음원으로 들을 수밖에 없다. 앞으로 다가올 세대들에게 삼희성은 사라진 공룡의 소리를 상상하듯 어림짐작으로밖에는 알 수 없는 신기한 소리가 될 것이다. 그 의미는 화석이 되고….

– 《조선일보》, 〈자장가였던 '다듬이질 소리'…

이젠 음원으로 들을 수밖에 없네〉

기쁨이 늘 기쁨일 필요도 없고

TV는 마주 보고 앉지만 라디오는 굳이 그럴 필요가 없어요.

저한테는 뒷모습을 보이셔도 상관없어요.

외로운 모습을 숨기지 않으셔도 된다고요.

/

며칠 전 영화를 연거푸 봤는데 하나는 1962년 작 흑백영화였고

또 하나는 2015년 작 흑백영화였어요.

둘 다 제목도 안 보고 골랐는데 현란하지 않아 이야기에 더 집중할

수 있어서 좋더라고요. 그걸 보면서 그런 생각을 했습니다.

라디오도 언제까지나 저 흑백필름 같은 노스탤지어를 간직하면

좋겠다고요.

/

마음에도 공복감 같은 게 있지 않을까요.

뭔가를 해야겠다 하는 마음조차 없는 빈터 같은 마음,

그 정신세계가 얼마나 상쾌해요.

누굴 만나도 첫사랑이고 뭘 해도 첫 발자국이라면 얼마나 설레는

일이겠냐고요.

/

길고양이 보고 또 한 수 배웁니다.

그 친구들은 남는 시간을 온전히 자기 자신만을 위해 쓰는 것 같아요.

근데 우리야 어디 그런가요?

늘 이 생각 저 근심에 마음 쉴 날이 없지요.

/

요샌 쏙 들어갔는데 '소확행'이라는 말이 있죠. 그런 작은 행복들,

그 행복 부스러기가 우리가 주울 수 있는 생의 이삭인지도 모릅니다.

위인과 벼락부자와 성공 신화가 많지만,

정작 행복은 내 손안의 행복입니다.

한 젓가락의 라면이라고요.

/

세상살이라는 게 그래요.

'나한테는 절대 일어나지 않을 거야.' 할 수 있는 일도 없고 '왜 나

한테만 이런 일이 벌어졌나.' 그래야 할 일도 없습니다.

다들 부대끼면서 그 안에 좌절하다가 희망을 찾기도 합니다.

/

여행이라는 게 아주 다른 세상을 만나는 게 아니라 똑같은 일도 다

른 마음으로, 다른 기분으로 경험하는 건지도 모르겠다 싶네요.

그럼 들숨, 날숨마다 새 세상일 거 아녜요.

/

가만히 생각해보면 시간을 참 헤프게도 써댔구나 싶어요.

빌려 쓴 돈은 나중에 가서 슬슬 갚으면 되는데, 가불해서 써버린

시간은 되갚을 수도 없잖아요.

이럴 때 시간 은행이 있으면 좋겠어요.

청춘의 무료한 시간이나 황혼의 바르고 남은 벽지 같은 시간을

모아둘 수 있게.

/

사람 마음속엔 언제나 두 개의 마음이 있어서

하나를 반기면 하나가 떠나가고,

한쪽 가슴을 닫으면 다른 한쪽이 열립니다.

그래서 그런가?

늘 온전한 사랑도 없고, 깔끔한 포기도 없고,

잡힐 듯한 희망도 없는 것 같아요.

사랑한다 싶으면 미운 구석도 있고,

잊었다 싶으면 떠오르고,

내일은 희망이겠지 하다 보면

절벽 같은 고난이 가로막습니다.

그래도 봄볕 이기는 겨울이 없다니 한번 믿어보지요.

확실한 건 어제보다는 내일의 힘이 더 크다는 겁니다.

/

쉬는 날이니까 고단한 몸을 편하게 하는 게 우선이지만

마음이 편해야 쉬는 것 같지요.

아무 생각이 없으면 그건 편한 게 아니라 무기력일 거예요.

편안한 마음이란 건 아무것도 없는 마음이 아니라

행복감 같은 건지도 모릅니다.

/

기쁨이 늘 기쁨일 필요도 없고 슬픔이 꼭 나쁜 것만도 아니에요.

오늘은 바람처럼 춤을 추다가 내일은 꽃 떨어진 자리에서 소꿉놀이를 할 거야 하는, 천지가 저렇게 천변만화하는데 우리는 나무처럼 일상에 붙박여 있어야 하나요?

우리도 봄처럼 자유로워지기로 해요.

나라는 두꺼운 껍질을 벗어버리고 봄을 입어버리자고요.

누군가의 행복을 빌어주면 상대방은 물론이고
스스로도 행복하게 해주는 건 틀림없는 것 같아요.
대단한 걸 도모하기보다
그저 산책길에 동반자가 돼주는 거,
주머니에 핫팩을 하나 넣어주는 거,
뭐 그런 거지요.
행복한 인생, 뭐 별건가요?

미워했던
나를
용서하는 일

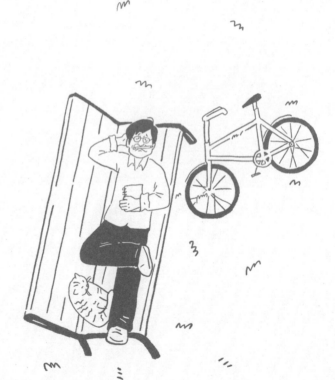

누군가의 행복을 빌어주는 일

일전에 라디오에서 읽었던 사연이 생각났어요. 남편 생일 선물로 드라이브시켜주려고 하다 초장에 사고가 나는 바람에 그동안 몰래 연수받은 것도 다 허사가 돼버리고 속상했다는 사연 있었거든요. 참 아름답게 사시는구나 싶었습니다. 지난번엔 회사에서 마니또를 하는데 상대로 부장님을 뽑아서 부장님 가습기 물을 매일 채워드린 분이 계셨어요. 그게 그렇게 가슴이 뛰고 즐거웠다고요. 나중에 부장님이 그 물 다 버린 거 알았지만요.

어쨌든 누군가의 행복을 빌어주면 상대방은 물론이고 스스로도 행복하게 해주는 건 틀림없는 것 같아요. 대단한 걸 도모하기보다 그저 산책길에 동반자가 돼주는 거, 주머니에 핫팩을 하나 넣어주는 거, 뭐 그런 거지요. 행복한 인생, 뭐 별건가요?

물 한 모금의 위로

제가 아침마다 따뜻한 물을 보온병에 담아 오는데요. 그 물 한 모금이 얼마나 큰 위로인지 모릅니다. 보온병이라면서 뚜껑이 따뜻한 걸 보니 보온이 잘되는 건진 모르겠지만. 어쨌든 그 작은 물통이 품고 있는 온기가 제법 위력이 있어요. 곱은 손으로 오프닝을 쓰는 썰렁한 로비를 그럭저럭 견딜 만하게 해주거든요.

왜 물건도 정이 들잖아요. 매일 껌딱지처럼 붙어서 다니다 보니 여기저기 까지긴 했는데, 그렇게 난 생채기도 정겨워요. 그리고 예전에는 담아 온 물을 한꺼번에 컵에 쏟아붓고 식혀가면서 마셨는데, 이젠 컵의 물이 식으면 조금씩 따뜻한 물을 따라서 마셔요. 힐끗 보니 '진즉 그렇게 마시지.' 하며 흐뭇해하는 표정이에요.

사물인터넷인가 뭔가 발달하고 있다는데 웃는 보온병,

쓴 술 담으면 인상 쓰는 술잔 이런 거 만들어주면 좋겠습니다. 오늘 같은 날 팥죽 담으면 동지팥죽입니다 하고 알아맞히는 똘똘한 그릇도 재미있지 않을까요?

매일매일이 마지막 날인데

오늘이 올해의 마지막 날인데 날짜를 적다 보니 뭐랄까, 낯설다고 할까요. 아니다. 낯설다기보다 괜히 미안하다고 할까요. 하여간 정리되지 않은 어떤 마음이 들었어요. 먼저 손을 내밀자니 내가 서둘러 이별하자는 것 같고, 그렇다고 쭈뼛거리며 가만히 있자니 그것도 멋쩍고.

다시 못 오는 날이 어디 오늘뿐이겠습니까? 매일매일이 마지막 날인데 1년 내내 잊고 지내다 오늘에야 그걸 느끼는 게 어처구니가 없었습니다. 그런데 괜찮아요. 오늘이라도 그걸 알고 내일을 맞는 게 어디예요. 돌이켜보니 올 한 해도 그저 잃어버리기만 한 건 아니에요. 가슴 아픈 일도 있었고 행복한 일도 있었습니다. 올해를 이렇게 행복하게 보냈으니 새해에는 더욱 기쁜 일이 많을 거라 기대합니다.

형도 잘 있단다

오늘 아침 활짝 핀 벚꽃을 보니 추억의 영화 한 장면 같
더라고요. 이 봄에 새롭게 핀 저 꽃이 왜 옛것처럼 느껴
지는지는 모르지만, 추억의 영화에는 건들거리지만 뭔가
내 편이 돼줄 것 같은 동네 형도 나오고 숨만 쉬어도 꽃
향기가 풍길 것 같은 여학생이 나오는가 하면 산신령 같
은 사부님도 나옵니다. 저희 때 즐겨 보던 무협 영화 같
은 데 많이 나오는 장면이지요. 하여간 꽃길로 들어가는
데 간밤의 꿈길이 생각났습니다.

오래전에 세상을 떠난 막내를 봤어요. 마룻바닥에 분
이 쏟아져 있어 치우려고 하는데 나타나서는 자기가 치
워줄까 묻더군요. "내가 치울게." 했더니 빗자루와 쓰레
받기를 던져주고 사라지더라고요. 해몽은 볼 것도 없이
그렇게라도 건강한 모습을 보니 좋더군요. 막내가 어디

에 꽃으로 피었을지, 나비가 돼 다닐지, 문득 내 안부를 전하면 좋겠다 싶네요. "형도 잘 있단다."

선한 영향력

방송국 도착해서 땀을 씻느라 화장실엘 갔는데 숙직하신 엔지니어분께서 씻고 계셨습니다. 평소에도 늘 웃는 모습으로 대해주시는 분입니다. 아침 인사를 나누면서 세수하는데 먼저 다 씻으시더니 세면대에 튄 물을 다 닦아놓고 나가시더라고요. 전에도 그러시는 걸 보고 내심 놀랐는데 오늘도 역시 그러시더군요. 전에는 참 착하신 분이구나 하고 저는 평소처럼 휙 나왔는데 오늘은 못 그러겠는 거예요. 그래, 저도 세면대를 깨끗하게 닦아놓고 나왔습니다. 그러면서 속으로 말했습니다. '다음에도 한번 닦아보자.' 하고요. 선한 영향력이라는 게 있네요. 엔지니어 선생님, 감사합니다.

벽에 붙여놓고 싶은 사진

꼭 갖고 싶은 게 있는데 지금 사거나 할 수 없을 때 어떻게 하세요? 저는 옛날엔 사진을 구해서 잘 보이는 데다 붙여놨어요. 그게 자동차든, 장난감이든, 빵이든, 과자 봉지든, 플라모델이든 눈뜨면 그 사진이 보이고 매일 꿈을 만나는 거지요. 근데 만나고 싶은 사람, 보고 싶은 사람 사진은 못 붙여놨어요. 속마음을 들킬까 봐요. 근데 그 어떤 것보다 위로가 되고 그 무엇보다 소중해 보여서 벽에 붙여놓고 싶은 게 생겼어요. 그건 '착한 사람'입니다. 착한 일을 한 사람도 아니고 착해 보이는 얼굴도 아닙니다. 착하다고 소문난 사람도 아닙니다. 그냥 착한 사람입니다. 사진 못 구하면 그려서라도 붙일 생각입니다.

손가락이 가리키는 곳에

언니, 오빠들 다 유치원 가고, 학교 가고 난 동네 어린이 놀이터는 철 지난 휴가지처럼 한가로웠습니다. 유모차를 밀고 가던 젊은 엄마가 유모차를 미끄럼틀 옆에 세우더니 어딘가를 가리키며 "어머, 예쁘기도 해라. 우리 아기, 이것 좀 보자. 정말 예쁘지?" 하길래 엄마 손끝을 따라가 보니 하얀 꽃이 돌 틈에 피어 있었습니다. 아기는 엄마만 쳐다봅니다. 엄마가 아무리 예쁜 꽃을 보여주려고 해도 아기는 엄마만 쳐다봅니다. 문득 신이 있어서 예쁜 걸 가리키며 인간에게 보여주려고 하는데 우리는 신만 쳐다보는 건 아닌지, 혹시 신의 손끝이 가리키는 꽃이 인간이 아닐는지. 오늘 아침 놀이터 풍경이었습니다.

상여금 같은 아침

며칠 안 깎았더니 수염이 덥수룩하게 자랐어요. 주말에 공연도 있고 해서 면도를 하면서 '오늘도 이러고 출근을 하는구나.' 하고 생각하는데 빙긋 웃음이 나요. 얼마 전에 아빠가 회사 사정이 좀 괜찮아져서 상여금이 나올 것 같다니까 짱구가 그게 뭐냐고 물어봤잖아요. 그래서 보너스 같은 거라고, 회사 안 빠지고 가서 열심히 일하니까 주는 거라고 했더니 자기도 유치원 가서 보너스 달라고 했다잖아요. 너는 일하러 가는 거 아니라고 했더니 자기도 공부하기 힘들다고 보너스 받아야겠다고 우기던 생각이 났습니다. 귀엽기도 하고 어이가 없기도 하고…. 아무튼 저는 오늘 아침을 상여금이라고 생각하기로 했습니다. 상으로 주는 돈이 상여금인데, 뭘 잘했는지도 모르는데 받는 돈이 진짜 보너스일 것 같아요.

오늘 아침을 만드는 풍경

그런 얘기 들은 적이 있어요. 사람의 행동을 관찰해보면 보이는 걸 보는 게 아니고, 보고 싶은 걸 보는 경향이 있답니다. 갈색의 나뭇잎 모양을 휙 보여주고 "방금 보신 색깔이 뭐예요?" 질문하면 "초록색요." 이렇게 대답하곤 한답니다. 등굣길에, 출근길에 보고 지나쳐 오신 게 여러 가지 있을 거예요. 뭐, 집 안에 있어도 눈에 띄는 것이 거실의 TV뿐이겠습니까. 덜 치운 설거지통이 있을 수도 있고, 애들이 읽다 팽개친 책들도 있을 거고, 장난감도 있을 거고, 식구들의 고단이 묻어 있는 현관의 신발들도 있을 것 아닙니까. 나의 오늘 아침을 만드는 건 내 눈에 쏙 들어온 어떤 풍경일 텐데요. 그 풍경 하나로 행복한 아침이 되기도 하고, 힘든 하루의 시작이 되기도 할 거예요. 아침 식당에서 밥 한 그릇 사 먹고 나오는데 폐지 리어카를 끄는 노인 한 분이 지나가더군요. 얼마나 힘들어 보이던지…. 저의 아침도 함께 힘들게 시작했습니다.

인생, 상실의 맛

어제 오후 비가 오락가락하는데 커피를 한잔 마시다 그런 생각을 했습니다. 커피 하나에도 신맛, 쓴맛, 단맛, 떫은맛 이렇게 여러 맛이 있다고 합니다. 와인 맛은 더 복잡하지요. 인생이 이런 경험도 하고 저런 경험도 당하고 하면서 맛을 알아가는 과정인가 보다 하다가 갑자기 턱 막히더라고요. 그럼 인생은 도대체 무슨 맛인가? 이 고달픈 삶의 맛을 뭐라고 하면 좋을까. 이 궁리 저 궁리를 하는데 잠깐 비가 그친 사이에 매미가 악을 쓰고 우는 거예요. 궁리할 시간에 살라는 듯이. 상념을 접고 푸른 숲을 바라보았습니다. 계절이 바뀌고 있었습니다. 인생, 상실의 맛이라고나 할까요?

별일 없어 행복한 하루

아마 좋은 날씨 때문이겠죠. 현관문을 나서면서부터 잭슨 5의 '아일 비 데어$^{I'll\ be\ there}$'를 흥얼거렸습니다. 마이클 잭슨이 어렸을 때 어린 목소리로 부른 노래지요. 이런 날씨가 계속되면 좋겠다 생각을 하다 만약에 이런 날씨가 계속 이어지면 며칠이나 감탄할 수 있을까 싶더라고요. 일주일? 열흘? 그쯤 '와, 좋다!' 하겠지요. 그러고는 이내 습이 되지 않을까요? '날씨란 게 그렇지 뭐, 원래 이런 거 아니야?' 하고요. 생각이 거기에 가 닿으니 생각의 벼랑이라는 게 이런 거구나, 정신이 확 들었습니다. 그저 그런 날이라고, 그렇게 팽개쳐진 내 인생의 보통 날들이 얼마나 많았나. 새삼스럽게 감격할 일은 아니어도 소중한 나의 하루를, 별일 없어 행복한 나의 아침을 다시 한 번 생각합니다.

기억에도 무게가 있다면

바쁠 땐 열어볼 일도 없는 서랍을 주말 아침에 괜히 열어봅니다. 숨겨둔 비상금이 있는 것도 아니고 잡동사니만 잔뜩 있습니다. 서랍 뚜껑이 안 닫힐 정도로. 어디서 썼던 건지 모를 전깃줄, 옛날에 쓰던 2G, 3G 휴대폰, 이제는 규격이 맞지 않아 쓸데도 없는 휴대폰 충전기…. 다 버려버려도 될 것들인데 그냥 서랍에 들어 있어요. 그걸 보다 문득 이런 생각이 들었습니다. 서랍도 저런데 내 머릿속은 어떨지. 온갖 버리지 못한 기억으로 차 있는 건 아닌지. 기억에도 조금씩 무게가 있으면 어땠을까 싶습니다. 그럼 무거워서라도 버릴 건 버리고 좋은 기억만 간직하려고 했을 것 아니에요. 무게도 없고 서랍 차지할 일도 없으니 머릿속이 어지럽지요.

맛있게 먹고 갑니다

제가 아침부터 실수를 했어요. 구내식당에서 밥을 먹는데 소고기를 넣은 우거짓국이 얼큰하면서도 구수한 게 아주 맛있더라고요. 아침에 보통 눌은 밥 조금 깨작거리고 마는데, 오늘은 밥 말아서 푹푹 맛있게 먹고 있었습니다. 아, 근데 가위로 자른 것 같은 비닐 조각이 나오는 거예요. 어라? 젓가락으로 살살 뒤적여보니 또 하나가 건져져요. 야, 이거 안 되겠다 싶어서 그릇에 담아 제가 민거라 하는 배식 담당 아주머니께 몰래 가져다 드렸어요. "이런 게 나왔어요." 찡긋하고는 다시 자리로 와서 밥을 먹고 있는데, 주방장이 아까 그 그릇을 들고 나오더니 제 앞에서 그 비닐을 들더니 쭉 찢는 거예요. 아니, 무슨 수제비 반죽처럼 툭 끊어지더라고요. 그분이 하시는 말씀, "이 국 오늘 제가 끓였는데요. 이게 얼갈이 껍질입니다.

섬유질이에요." 그러시는 거예요. 어찌나 미안하던지.
나오면서 배식 아주머니한테 "국 맛있게 먹고 갑니다. 라
디오 오프닝에서 말씀드릴게요." 했더니 깔깔깔 웃으시
더군요.

저마다 다른 시간에

아침에 선물받은 새해 달력을 뜯다 그런 생각이 들었습니다. 요즘엔 휴대폰도 식구들마다 따로 있으니 그 속에 있는 저마다의 달력, 저마다의 시간 속에 삽니다.

옛날에는 안 그랬어요. 대청마루 정 가운데 괘종시계가 있고 근처 벽에 달력이 걸려 있었습니다. 할아버지의 시간이나 엄마, 아빠나 애들의 시간이 따로 있는 게 아니라 대청마루 시계가 빅벤이에요. 시계 밥은 할아버지나 아버지가 주셨어요. 그 시계의 태엽을 감는 일은 누나는 귀가 시간을 엄수해야 하며 애들은 늦어도 9시에는 잠자리에 들어야 한다는 묵시적 명령이었습니다.

요즘 세상에서는 모두가 자기의 시간 속에 살아갑니다. 시간만이 아니라 아예 다른 세상에 사는지도 모르는 일이지요.

나무의 봄맞이

봄비까지 흡족하게 내려 여간 싱그러운 게 아닙니다. 오늘 방송국 오다 풍경을 보고 조금 놀랐습니다. 놀랍다기보다 감동이랄까요? 왜 집에 손님이 오면 큰손님이 아니더라도 청소도 좀 하고, 삐뚤어져 있는 식탁보도 맞춰놓고, 늘어져 있는 휴대폰 충전기 줄도 가지런히 해놓고 하잖아요. 거리의 나무들을 보고 봄맞이를 저렇게 하는구나 싶었습니다. 새싹 나오라고 구질구질하게 매달려 있던 겨울 나뭇잎을 싹 걷어냈던데, 저러려고 어제는 하루 종일 비가 내렸던 거구나, 내가 언제 저런 정성으로 손님 맞아본 적이나 있나 싶더라고요.

때 되면 비 내리고 햇살 내리고⋯. 하늘만큼 만물에 정성을 다하는 게 또 있을까 했습니다. 오늘도 잘 살아야겠습니다.

꿈도 습관이에요

영어 가정법 하면 떠오르는 문장이 이거지요. '만약에 내가 새라면 날아갈 텐데.' 연인을 그리는 문학적 표현일 거예요. 근데 그런 근사한 느낌보다는 헛된 꿈이라는 생각이 먼저 듭니다. 만약에 내가 무지 부자라면, 내가 슈퍼맨처럼 힘이 세다면…. 수도 없이 많은 가정법 문장이 있겠지요. 대부분은 나를 작고 무기력하게 만드는 것들입니다. 근데 또 그런 생각도 들더라고요. 그만큼의 희망과 응원의 메시지도 있지 않을까 하고요. 보세요. 만약에 내가 지금 병들어 있다면, 만약에 내가 사랑하는 누군가와 멀리 떨어져 있다면, 만약에 내가 사람이 아니고 개미라면…. 지금의 내가 얼마나 다행스러운지 알게 해줄 '만약에'도 많지 않습니까? 꿈도 습관이에요. 행복한 꿈을 꾸자고요.

4장 미워했던 나를 용서하는 일

나도 만나보지 못한 내가 되어

오늘 아침에는 그런 생각이 들더군요. 뭐, 우리도 옛날에는 하루의 시작을 밤이 오는 때부터라고 했다는 얘길 들은 것 같은데, 이스라엘인가 그쪽도 어둠이 내릴 때 하늘이 열린다고 해서 새날에 올리는 결혼식 같은 걸 밤에 한다잖아요. 그게 문제가 아니라 밤이 됐건 낮이 됐건 하루를 어떻게 맞이하는 게 좋을까 생각해봤어요. 얼핏 어제만큼만? 아니면 새날처럼? 영화처럼? 몇 마디 스치는데, 그 가운데 '또 다른 나'가 떠올랐어요. '어제의 내가 아니라 나도 아직 만나보지 못한 내가 되어 아침을 맞는 게 어떨까?' 너무 사춘기 같은 얘기일까요.

음악은 도대체 어디에서 왔을까요

요즘 완연히 여름 날씨가 계속되고 있지요. 자전거를 타다가 한강에서 멋진 풍경을 봤습니다. 강 가운데 꽤 큰 새 수백 마리가 둥둥 떠 있는 거예요. 까마귀같이 새까만데 물에 떠 있는 거 보니까 오리 종류인 것 같더라고요. 새들은 다 단체복 입었지요. 얘네도 완전 제복인데, 와 정말 놀라운 게요. 한 마리도 어긋남이 없이 아주 정확하게 동쪽을 보고 있었어요. 다 같이 동쪽을 보고 있는데 강물은 서쪽으로 흘러가니까 꼭 뒷걸음질 치는 것처럼 보이더라고요. 그러더니 막 대오가 흐트러져요. 엉망진창이 되더군요. 근데 그건 잠깐이었어요. 불식간에 모두 다 서쪽을 바라보는데, 절도 있기가 완전 사관 생도예요. 아니, 그것보다 한 수 위예요. 한 명도 어리바리한 애가 없어요. 구령도 없고, 뭐 봉을 들고 지휘하는 오리도 없어요. 안 돼도 백 미터 거리는 될 만큼 대열이 퍼져 있었는데, 어떻게 그게 가능하지요? 턱이 빠져서 하염없이 보다 왔다니까요. 암만 생각해도 신기해요. 오리들은 왜 한강에 모여 제식훈련을 했을까? 혹시 저 하늘 높이 무슨 신호를 보내는 건 아니었을까요? 음악은 도대체 어디서 왔을까요?

근심 없는 날 근심을 만듭니다

5월 초 아침이 정말 상쾌했습니다. 햇살을 받고 있는 나무를 감상하다 그 생각이 들었습니다. 나무는 초록이잖아요. 다른 색은 다 흡수하는데 초록색만 반사해서 그 색으로 보이는 거랍니다. 그렇다면 빨간 꽃은 빨간색을 안받아들이는 거고 파란색 텀블러는 그 색을 거부하는 거예요. 근데 안 받아들이는 게 자기 색이 되는 거라면 악의 화신 빌런은 어떻게 되는 거예요? 비열한 웃음 뒤에천사가 있는 건가? 엉뚱한 상상을 하다 나무를 힐끗 보니 "참 답답하게도 사십니다. 그런 잡생각을 거두세요." 그러네요. 다시 생각해보니 또 그래요. 이름 가진 세상 만물이 거의 다 한 가지 색을 갖고 있잖아요. 그 색 빼곤 모든 색을 받아들이는 겁니다. 다 수용하는 거예요. 하나만빼고. 세상에 버려지는 햇살은 없다는 생각이 들었어요.

그런데 사람 심리가 하도 묘해요. 마음속에 무슨 심술보가 달렸는지 '에휴, 이런 날 며칠이나 가겠냐? 오늘도 낮에는 덥겠지. 봄도 다 갔다. 곧 장미 필 텐데. 여름이다 여름.' 아니, 지금이 좋으면 그냥 좋다고 하면 될 걸 뭐 그렇게 궁시렁대는지.

고양이는 전전두엽이 덜 발달해서 과거의 추억이나 미래의 희망에 매달리지 않고 지금을 살아간다고 하지요. 사람은 뇌가 너무 발달해서 바람도 많고 걱정도 많고요. 버려지는 햇살은 없다는 생각을 하다가 마음은 별로 쓸 만한 게 없다는 생각이 들었습니다. 오늘은.

오롯이 내 마음 앞에

아침에 눈떠서 옷 입고 밥 먹고 집 나서면 제일 먼저 보이는 게 하늘이고 제일 먼저 부딪히는 게 아침 공기고 그렇지요. 그러다 보면 그날그날의 날씨가 세상을 열고 들어가는 문이지요. 그 문 안 지나고 오늘이라는 데 발 디딜 수도 없는 일이고요.

오늘도 눈뜨자마자 일기예보부터 봤습니다. 뭐로 나가나 해서 보는 거예요. 날이 좋으면 자전거도 좋고, 오토바이도 좋고. 아침나절에는 괜찮은데 오후 내내 흐릴 것 같더군요. 날씨도 그렇지만 몸이 고단해서 그냥 차 끌고 나왔는데 가만히 생각해보니 좀 우습던데요. 몸에 옷을 맞춰 입는 게 아니고 순전히 옷에 몸을 맞추는 모양새더라고요. 내 기분, 내 상태를 먼저 고려하는 게 아니고 환경부터 보는 거니까요.

누울 자리 보고 다리 뻗는 것이 당연하지만 뭐가 그렇게 따져볼 게 많은지. 그러니 맨날 기분이 들쭉날쭉하지요. 평상심은 어디 가 앉아 있을 데가 없고. 날씨야 매일 다르기 마련인데. 오롯이 내 마음 앞에 정좌를 합니다. 낯이 섭니다. 얼마나 본 적이 없으면.

허구한 날

뭐, 특별히 챙길 것도 없는데 아침에 출근하려면 몇 번씩 대문을 들락거립니다. 빼먹고 나온 거 가지러 꼭 다시 들어갔다 나와요. 마스크를 안 챙겼다든지 휴대폰을 두고 나왔다든지. 오늘 아침엔 물병을 두고 나와서 들어갔는데 그 물병이 발이 달렸나? 없는 거예요. 방송하면서 따뜻한 물 먹으려고 가지고 다니는 보온병이에요. 그걸 제 방에서도 쓰는데 맨날 있던 자리에 없어요. 바빠 죽겠는데 위층, 아래층 찾아다니다 보니 설거지통에 있더라고요. 어젯밤 늦게 들어가서 헹궈놓고 까먹은 거예요. 그나마 생각나서 다행이다 하고 가지고 왔지요.

비 온 뒤라 공기도 상쾌하고 룰루랄라 와서 주차장에 차를 세우고 들어와 로비에서 오프닝을 쓰다 물을 마시려는데 나 원 참, 물통을 안 가지고 내렸어요. 다시 나가서 가지고 왔지요. 근데 솔직히 이게 오늘만의 얘기겠냐고요. 허구한 날 이러고 삽니다.

언제는 방송국 1층 로비에서 오프닝을 쓰려다 깜박 잠이 들었는데, 깨서 시간을 보니 56분이에요. 정시에 라디오 방송이라 허겁지겁 짐을 챙겨 엘리베이터를 향해 달렸는데 마침 올라가는 게 있어서 타고 숨을 고르고 11층에 도착하자마자 후다닥 문을 열고 들어가니까 앞 프로그램 진행자인 영철이가 방송을 하고 있었어요. "다들 굿모닝." 하며 아침 인사를 하는데 영철이가 나올 생각을 안 하는 것 같아요. 다시 시계를 보니 7시 58분이에요. 조용히 문을 열고 나왔습니다. 아직 1시간이 남은 시간이긴 복도 같았습니다.

빌려 쓰는 마음

일요일 아침에 문득 마음에도 가불이 있구나, 빌려 쓰는 마음도 있구나 하는 생각이 들었습니다. 뜬금없이 무슨 소린가 하실 텐데요. 지난번에 어느 집 따님께서 어머니가 만들어주신 두꺼운 옷을 하루 종일 입고 엄마의 손길을 느끼셨다는 사연을 보내주신 적이 있어요. 그 댁의 어머니가 편찮으신 것 같더라고요. 하여간 요즘 날씨에는 더워서 못 입는 옷을 입고, 땀범벅이 되도록 엄마 병환이 낫길 기도하셨다는데….

환자에게 뭘 어떻게 해드려야 할지, 그간 잊고 있던 감사함은 어떻게 전해야 할지 막막한 심정이 가슴에 탁 와서 박혔습니다. 그런데 그 사연이 오늘 아침 눈뜨자마자 생각난 거예요. 그게 왜 빌려 쓰는 마음이냐면요. 그분 생각을 하니까 내 마음이 좀 넓어지는 것 같아서요. 갑자

기 마음이 커지니까 대출받은 것 같더라고요. 진짜 마음
은행이 있어서 급할 때 빌려 쓰고 나누어 쓰면 좋을 것 같
다는 생각이 들었습니다. 늘 좋은 사연 적어서 마음을 나
누어주시는 분들에게 참 감사한 마음이 들었습니다.

말 한마디의 고마움

"기온이 뚝 떨어졌네." 하다가, 말이라는 게 참 재미있다는 생각이 들었습니다. 뭐가 떨어진 건지? 올려놓을 데도 없고 내려놓을 데가 있는 것도 아닌데 떨어졌대요. 하긴 간 떨어졌다고도 하지요. 너무 놀라 자빠졌을 때 씁니다. 요샌 하도 올라서 듣기 힘든 소리지만 물가도 떨어질수 있지요. 눈에서 꿀이 떨어지기도 하고 반대로 정나미가 떨어지기도 합니다. 가만히 생각해보니 말이라는 건마음이란 바다의 물거품입니다. 포말에 지나지 않아요. 이 말도 다가 아니고 저 말에 마음을 다 담을 수 있는 것도 아니죠. 그저 그렇다 하는 게 말입니다.

그래도 오늘 아침엔 말 한마디가 참 소중하고 고마운거구나 하고 느꼈습니다. 비록 구름이 잔뜩 꼈지만 밝아오는 아침을 보며 저 넓고 막막한 세계를 부르는 이름을 떠올렸습니다. 하늘 그리고 땅, 어머니처럼 언제나 푸근하고 안심되는 말이 또 있을까? 조상님들이 눈에 보이는 것마다 이름을 붙여줘서 꽃을 보면 꽃, 파도를 보면 파도라 할 수 있으니 얼마나 다행인지. 자동차, 나무, 다리, 강물…. 글 배우는 아이가 버스 타고 지나가며 가게 간판을 읽는 것처럼 아침의 조각들을 호명해보는 건 즐거운 일입니다. 흡연 구역에서 아침 인사 나누는 사람들한테서 들려오는 무슨 말인지 모르는 저 소리들을 두런두런이라 할 수 있으니 두런두런은 또 얼마나 멋진 말인가요. 모르는 소리를 모르는 채로 듣고 있으니, 우리의 말에는 아마 안 보이는 것, 안 들리는 것도 다 들어 있을 것입니다. 희망이 그것이고 행복이 그것입니다. 대단한 일 아니에요?

우물물이 따뜻해지는 계절

우물물이 따뜻해지는 계절이 왔습니다. 우물물이 따뜻해진다는 얘기를 단번에 알아듣는 분도 있고, 그게 대체 뭔가 하는 분도 있겠지요. 지난주에 드라마 종방연을 마치고 몇몇 후배 배우와 집에 와서 아쉬움을 달래는데 술기운이 도도해서는 또 기타를 치며 놀았지요. '아마 늦은 여름이었을 거야'라는 산울림 노래 있잖아요. 허구한 날 불러대고 요즘도 공연 때마다 빠지지 않는 레퍼토리인데 그걸 불러줬더니 "첨 들어봐요. 그런 노래도 있어요?" 하는 친구들이 있더군요. 충격을 받았죠. '내가 세상을 너무 몰랐구나.' 하고 말입니다. 우물물에 손 못 담가봤으니, 겨울 되면 그 물이 따뜻하다는 걸 알 수가 있나요? 모르는 것도 재밌고, 모르는 걸 모르는 것도 웃깁니다.

아무도 소유하려 들지 않는다

저희 집 마당에는 고양이 밥그릇 두 개하고 새들 물 먹고 목욕하는 수반이 하나 있는데요. 개네 와서 노는 것 보면 존 레논의 '이매진imagine'이 떠올라요. 가사 중에 "아무도 소유하지 않는다고 상상해 보라."라는 대목이 있는데 새들, 고양이들이 그렇게 살아요.

고양이는 영역 동물이라니 서로 경계를 하고 다른 시간에 나타나긴 하지만, 다른 애들에게 으르렁거리며 "저거 내 밥그릇이야." 하는 애는 없습니다. 심지어 밥을 빼앗겨도 보고만 있어요. 종종 고양이 밥 훔쳐 먹으러 까치들이 출몰하는데요. 떼로 몰려다니며 여간 사나운 게 아니에요. 우르르 와서 고양이 밥이고 개밥이고 다 먹는데, 훔쳐 먹는 거라는 걸 아는지 한 놈을 보초로 딱 세워놔요. 되게 웃기는데요. 한 녀석이 주인이 나타나나 지켜보고 있고, 몇 알 주워 먹은 놈이 교대해주고 하더라고요. 까치들 그러고 있는 걸 하얀 장화 신은 고양이는 구경만 하고 있어요. 만화영화에 쥐 보면 도망가는 고양이도 많이 나오지만, 요즘 고양이들은 실제로도 그럴 것 같아요. "내 밥이냐, 니 밥이냐? 실컷 먹어라." 하고 쳐다보고 있는 것 보면 세상이 풍요롭구나 싶기도 합니다. 새들도 까치뿐 아니라 휘파람새, 참새, 물까치, 비둘기 죄들 날아오지만 그릇 갖고 다툰 적은 없지요. 꽃 이파리처럼 나비 한 마리 떨어지는데, 내 모진 욕심도 훌훌 떨어져 나가면 좋겠다 싶었습니다.

미워했던 나를 용서하는 일

오늘도 새벽녘에 하늘빛이 얼마나 곱던지, 파스텔을 펴 발라놓은 듯하더군요. 어린 시절 도화지에 풍경화 그리던 생각이 납니다. 땅은 고동색이고 하늘은 하늘색인데 칠해놓고 나면 언제나 진짜 보는 땅, 진짜 보는 하늘보다 색이 진했어요. 거기에 빨간 해는 맨날 불난 것 같았지요. 요새 어린이들은 그렇게 칠하지 않을지도 모르지요.

그나저나 날이 많이 누그러졌어요. 겨울의 뒷모습을 물끄러미 바라봅니다. 왜 그렇게 미워만 했는지, 모질었던 마음이 다듬어집니다. 내년에는 잘해줘야지…. 이별 앞에서 웬만한 일은 다 용서가 되지요. 어쩌면 춥기만 했던 겨울을 용서하는 게 아니라 미워했던 나를 용서하는 건지도 모를 일입니다.

고독은 빌런이 아닐 수도 있습니다

동전의 양면이라고도 하고, 음양의 조화라고도 하고, 세상일이라는 게 두 가지가 얽혀 있어서 그저 좋기만 한 일도 없고 궂은일도 마찬가지여서 쥐구멍에도 볕 들 날 있다고 하잖아요. 현대인의 큰 문제가 육체의 병도 병이지만 마음의 병인 우울증이 심각할 정도라고 하네요. 우울증이 왜 오겠어요. 혼자 있는 게 힘들어서 그런 거 아녜요? 혼자 있으면 외롭지요. 근데 그 외로움이라는 것도 양면성이 있지 않을까요? 뉘앙스가 그래서 그렇지 혼자 있다는 게 얼마나 편해요? 애랑 남편 떼어놓고 어디 갔다 오라고 하면 얼마나 좋아요? 모르긴 몰라도 고독이 이 시대의 빌런이 아닐 수도 있습니다. 그저 그런 평범한 캐릭터일지 누가 압니까?

요즘은 외로움을 무슨 몹쓸 병처럼 여기는 분위기예

요. 저는 아침에 휴대폰으로 받는 친구들의 문자가 참 행복한데요. 누군가와 연결돼 있다는 느낌이 안도감을 줍니다. 그런데 한창 자라는 아이들한테는 혼자 있는 시간이 꼭 필요하답니다. 그때 아이들이 자신을 바라보고 성장을 한대요. 사람이 살면서 평생을 배운다는데 그럼 어른들한테도 고독이 좀 필요하지 않을까요? 일주일 내내 일에 치이고 사람들 속에 부대끼고 나면 지치잖아요. 하루쯤 조용히 혼자 지내보는 것도 나쁘지 않을 것 같아요.

뭐 할 때 행복해요

무슨 자리였더라? 하여간 몇 사람 있지도 않았는데 갑자기 누가 저한테 묻더라고요. "김창완 씨는 뭐 할 때 제일 행복해요?" 나 참 그때 당황한 것 생각하면 지금도 어처구니가 없네요. 뭐, 맨날 사랑이 어떻고 행복이 어떻고 하며 사는 것 같았는데 그렇게 갑자기 물으니까 '내가 언제 행복하더라?' 혼자서 묻고 있더라니까요. 좀 아이러니한 거 아녜요? 근데요. 지나서 생각해보니까 그게 언제 행복한가, 뭐 할 때 행복한가를 떠나서 행복 그 자체에 대한 질문이라는 걸 알았습니다. 행복에 대해 구체적으로 어떤 생각을 갖고 있는 게 아니라 행복의 조건에 대해서만 생각해버릇한 거예요. 지금 숨 쉬고 있는 거, 지금 보고 듣는 거, 지금 배가 고프지 않은 거, 지금 마이크가 온돼 있는 거…. 다 행복 아닐까요?

단순하게 살아가는 일

안양천 변에 자전거를 세우고 아침으로 싸 온 김밥을 주섬주섬 먹으면서 보니 도시가 깨어나고 있더군요. 저도 뭐 '자출사(자전거로 출퇴근하는 사람들)'라고 해도 무방할 정도로 자전거를 잘 이용하는데, 요즘은 각 도시마다 도로 정비가 잘돼 있으니까 진짜 자전거 출퇴근 한번 생각해보시라고 권하고 싶어요. 시속 20~30킬로미터는 나오니까 웬만한 도시는 1시간이면 횡단할 수 있잖아요. 뭐니 뭐니 해도 내 발로 가고 싶은 데 간다는 자유로움이 참 괜찮습니다. 또 자전거에 올라타면 잡생각이 줄어듭니다. 오로지 길과 나예요. 좀 단순하게 살 필요가 있습니다. 여러 가지 사정 때문에 안 된다는 분이 많은데, 글쎄 그 여러 가지 사정 중에 몇 개를 지우시면 됩니다.

청춘은 어지럽고 불안한 노랑

1965년 중앙중학교 입학. 내 나이 열한 살. 학교는 종로구 계동에 있었고 집은 동작구 흑석동에 있었기 때문에 등굣길은 멀기만 했다. 84번 동아운수를 타면 가회동에서 섰기 때문에 차를 갈아타지 않아도 됐지만, 범진여객을 타고 가면 종로 2가에서 내려야 했기 때문에 서울역쯤에서 갈아타야 했다. 한 번에 가는 차가 있는데도 굳이 갈아타는 버스를 타야 했던 이유는 찻삯이 저렴했기 때문이었다.

1시간 남짓 만원 버스에 시달리고 나면 어린 나이에 길게 학교까지 이어진 계동 골목길도 만만하지 않았다. 그래도 늘 구경거리가 있어 심심치는 않았다. 돌돌 말린 종이에 영어 단어를 인쇄한 포켓용 단어장, 정신이 집중된다고 떠벌리며 팔던 추, 고무 찰흙, 땅에 던지면 아주 잘 튀어 오르던 '후라버'라는 이름의 조그만 공, 싸구려 만년필과 볼펜 등등…. 문구점이나 학생복 파는 집 앞에 좌판을 벌이고 앉아 있는 사람들이 우리에게 보여주는 것들은 어른들에게 차마 말은 못 하지만 꼭 갖고 싶어 하는 것들이었다.

　장마통에 빗물에 불어 백과사전만큼 두꺼워진 콘사이스 대신 갖고 다니면서 단어를 외울 수 있다면 다음번에 보는 영어 시험 성적이 얼마나 좋아질까? 매일 산만하다고 주의를 듣는 나에게 저 마술 같은 정신 집중 도구가 있다면 얼마나 차분해지고, 그래서 사방에서 칭찬받는 아이가 될까? 등굣길에서 보는 잡다한 물건들은 길거리에 뿌려진 나의 산만한 희망이었다. 그 골목 입구에 자리를 잡고 있던 휘문중학교 담장이 끝나는 곳부터는 골목이 조금 더 좁아졌다. 그래서인지 거기부터는 늘 어둠침침했고 뭔가 모르게 답답했다. 어둠이 시작되는 그 자리에 목욕탕이 있었는데 남탕, 여탕의 두 문이 나란히 닫혀 있었다. 꼭 닫혀 있던 우리의 성처럼. 목욕탕 맞은편 길로 넘어가면 창덕여중이었다. 왜인지 모르겠는데 나는 그 길은 가면 안 되는 길이라고 생각했다. 생각해보면 학교 정문까지 오르막길이 세 개 있었고 그 사이사이에 연결되는 골목길들이 대여섯 개는 됐을 테니 얼추 여남은 개의 학교로 가는 길이 있었을 텐데 어찌해서 오로지 한 길만을 고집했는지 알 수가 없다. 다만 유추해보자면 내 스스로 어떤 길은 착한 길이고 어떤 길은 착하지 않은 길이기 때문에 되도록이면 착한 길을 가자 하고 정했던 것 아닐까 싶다.

하여튼 길은 점점 좁아지고 답답해졌는데 골목이 좁아져서라기보다 학교와의 거리가 가까워질수록 생기는 일종의 신체적인 거부반응이었다. 학교 정문이 보이는 곳부터는 오르막이 계속됐는데 앙각으로 보는 물체는 보는 이로 하여금 주눅이 들게 한다는 것을 경험할 수 있었다. 멀리서도 보이는 교문과 그 옆에 훈육주임처럼 서 있는 은행나무는 우리에게 말 한마디 한 적 없지만 늘 우리를 못마땅하게 여기는 것 같았다. 정문은 그곳을 통과하는 한 놈 한 놈의 교복 상의의 호크가 잘 채워져 있는지를 보는 것만 같았고, 은행나무는 나무 정령의 도움으로 우리의 졸음의 농도를 아는 것만 같았다. 친구들과 조금 세게 장난만 쳐도 목에 칼자국처럼 피가 맺히게 하던 날카로운 플라스틱 칼라가 왜 어린 학생들의 목에 죠스 이빨처럼 달려 있어야 했는지를 알고 싶었지만 누구에게도 물을 수 없었다. 우리는 흰 실로 짠 모양만 비슷한 가짜 칼라를 달거나 호크를 풀어 헤치는 행동으로 묻는 것을 대신했다.

우리의 정신 상태에 대해 늘 조롱을 하는 늙은 은행나무는 진정한 나무꾼이라면 세상에서 제일 먼저 베어버리고 싶어 했을 것이다. 진즉에 땔감이 되었어야 할 나무가 어쩌다 정문 옆에 심어져서는 "아침부터 저렇게 눈에 졸음이 그득하니 저런 정신 상태로는 글렀다."느니 "갈수록 얕은 고갯길도 힘들어하는 아이들을 바라볼 때마다 내 어린 나무 시절 눈보라 치던 시절을 생각하지 않을 수 없다."면서 해대는 주제넘은 하소연을 들을 때면 정말 당장이라도 교복을 벗어 던지고 톱을 들고 달려들고 싶었다. 거기에 더하여 교문 앞을 더 암울한 추억의 장소로 만드는 이유가 있었는데, 그것은 다름 아니고 수학 선생님인 칠성이네 집이 바로 그 앞에 있었기 때문이다. 땅에 붙박이는 형벌을 받은 돌로 만들어진 교문이나 늙은 은행나무와 달리 칠성이는 발이 달렸기 때문에 진짜 황금 박쥐처럼 나타났다.

칠성이가 나타나는 것 자체가 우리에게는 재앙이었다. 웬만하면 학교 안에서는 아무리 사납기로 소문난 선생님이라 할지라도 교문 밖에서 만나면 – 사실 정신없는 얘기지만 – 조금 반갑기도 한 법인데 칠성이는 달랐다. 생김생김 때문이기도 했지만 우리가 그 공포의 대상에 만화 캐릭터를 갖다 씌운 이유는 절망의 끝에서도 웃고 싶다는 간절한 희망 때문이었다. "칠성이다." 이 말과 동의어를 찾는다면 이런 말이 찾아질 것이다. "나는 머리끝부터 발끝까지 하얗게 된다."이다.

이 말은 공포에 질려서 하얗게 된다는 말도 되지만 실제로 백묵 가루를 온통 뒤집어쓴다는 얘기다. 물론 공부 잘하고 착하게 행동하는 아이들에겐 상관없는 일이지만 대부분의 아이가 칠성이 눈에 함량 미달의 학생들이었다. 그래서 문제를 제대로 못 풀든지 숙제를 안 해 갔다든지 하면 온몸이 하애질 때까지 분필 지우개로 맞았다. '노노레타'도 동의어에 속한다. '노노레타'는 그 당시 질리올라 칭케티라는 이태리 여가수가 부른 '나이도 어린데'라는 뜻을 가진 칸초네였는데, 분필 지우개를 우리들 머리에 털면서 칠성이가 백뮤직으로 늘 부르곤 했다.

우리는 칠성이가 굳이 그 노래를 선곡한 이유를 안다. 그것은 순전히 '노노레타'가 '너 노랗다.' 하고 아주 흡사한 발음이었기 때문이었다. 그 노래와 그런 이유 때문에 우리는 가을이면 노랗게 잎을 떨구는 은행나무를 칠성이와 한패라고 믿었다. 구충약을 먹고 올려다본 노란 하늘. 야구부가 소리치며 연습을 하던 햇볕이 노랗게 익던 운동장. 수도꼭지에 매달려 쇳내 나는 수돗물을 빨아 먹을 때의 어지러움. 나의 청춘은 초록이 아니었다. 늘 어지럽고 불안한 노란빛이었다.

올 가을에도 학교 앞의 은행나무는 노란 은행잎을 떨구겠지. 마치 나의 학창 시절을 기억하고 있는 듯이….

– 〈칠성이와 은행나무〉, 중앙중학교 교지 수록

희망이 뭐 대단한 데 있는 것도 아니고

두려움 없는 시작은 없지요.

그렇지만 그건 희망의 미소이기도 합니다.

/

시집은 진짜 멋진 선물입니다.

누굴 위해 시집을 고르는 일은 어쩌면

내 인생의 포장지를 고르는 일인지도 모릅니다.

/

시계를 되돌려놓고 싶은 순간이 있지요.

그러나 시간이 흘러간다는 게 위로가 되고 우리를 안심시켜주기도 합니다.

지금 이 순간 저의 솔직한 심정은 시간이 안 멈추고 계속 가는 게 좋다에 한 표입니다.

제게 몇 시간, 며칠, 몇 달을 덤으로 준다고 해도 제 인생을 바꿀 만큼 멋진 일을 해낼 자신이 없거든요.

가는 해 잘해서 보내고, 오는 시간이나 헛되이 보내지 않겠다고 다짐해봅니다.

/

예전에 인도 철학자 오쇼 라즈니쉬가 그랬습니다.

"결단코 생각을 멈추세요."라고. 생각이 생각을 낳습니다.

/

시간은 강물처럼 흘러가버리는 게 아니고 추억을 맴도는 건지도 몰라요.

/

꿈은 답이 아니고 질문입니다.

/

주위의 만류에도 불구하고 이루고 싶은 꿈이 있을 수 있고

스스로도 무너지는 꿈이 있을 겁니다.

그것을 판단할 수 있는 사람은 오로지 자신뿐입니다.

/

자기 자신을 회사에 비춰 보지 마시고 거울에 비춰 보세요.

/

청춘 때는 청춘이 얼마나 좋은지 모르잖아요.

지나고 나면 '그땐 좋았지.' 하게 됩니다.

뭐, 멀리 생각할 것도 없어요.

그저 오늘이 남은 내 생애에서 제일 젊은 날인 것만 알면 됩니다.

/

먹성 좋던 시절, 한 끼 놓치면 큰일 나는 줄 알았던 때 친구들끼리
그랬습니다. "이 밥 놓치면 평생 못 먹는다."
맞아요. 세상만사가 그렇습니다.
지금 행복하지 않으면 따로 행복할 시간 안 줍니다.

/

이별이 꿰매놓은 퀼트 같은 낙엽 길을 지나오며 떠나간 청춘에게
손을 흔듭니다. 미안하다. 좀 더 사랑하고 좀 더 용서하기로 하자.
다짐을 합니다.

밤사이에 제게 일어난 일은

다른 일이 아니고

포기와 망각이었어요.

잠이라는 지우개가

쓸데없는 것 몇 개를 지워버린 거예요.

선뜻 잊을 수 있는 것도 지혜입니다.

용서이기도 하고.

(5장)

이별을
계획하는 건
예의가 아니라서

빈 의자로 살아보는 것

새똥 떨어져 있는 강변의 의자에 앉아 밥을 먹으면서 '참 좋다.' 하는데, 의자가 그렇게 고마운 거예요. 경치도 좋고 햇살 받기도 좋은 자리에 의자까지 있으니 뭐 더 바랄 게 없더군요. 완전히 디오게네스예요. 어제 앉았던 그 자리인데….

비둘기가 김밥 한 덩어리 얻어먹을까 해서 다가와 구구거리는데 그 소리가 또 그렇게 평화롭네요. 공원이고 어디고 요즘에는 빈 의자가 놓여 있는 곳이 많습니다. 나도 미리 가 앉아 있는 빈 의자가 돼야겠다 싶었습니다. 누가 와 앉을지 모르는 빈 의자로 살아보는 것도 나쁘지 않을 것 같아요. 쉴 곳만 찾아다니기보다 쉴 곳이 돼보겠다 하는 것도 재미있지 않겠어요.

밤사이 일어난 일은 포기와 망각이었다

봄꽃이 좋아지면 나이 드는 거란 소리들 하잖아요. 이것도 늙어가는 신호라는 말 들을까 봐 겁나지만 저는 언젠가부터 아침이 참 좋습니다. 어렸을 때는 계절 중에는 겨울이 제일 좋았고, 사춘기 시절부터 여태껏 어둠이 내려야 제자리 찾아가는 기분이었는데, 이젠 추운 건 질색이고 어둠이 내릴 때면 몸만 고단합니다.

그렇게 피곤해진 몸이 아침이면 다시 생기를 찾는 게 신기하기도 합니다. 아침이 와도 바뀐 건 거의 없지요. 어제의 고민거리가 저절로 사라졌을 리도 없고, 어제의 고단한 몸이 아침에 청년이 돼 있을 리 만무하지만 달라져 있어요. 뭐가 달라졌을까?

아침 내내 그 생각을 해봤는데요. 결론은 그거더군요. 밤사이에 제게 일어난 일은 다른 일이 아니고 포기와 망각이었어요. 잠이라는 지우개가 쓸데없는 것 몇 개를 지워버린 거예요. 선뜻 잊을 수 있는 것도 지혜입니다. 용서이기도 하고.

어제가 깔끔하게 떠나준다는 것

요새 가끔 밤에 잠을 못 이룰 때가 있어요. 잠을 푹 못 자고 난 아침은 뭐랄까? 새날을 받은 게 아니라 뭔가 어제의 일이 남은 것 같지요. 가야 할 날이 떠나질 않고 빚쟁이처럼 아침까지 눌어붙어 있는 기분입니다. 그러고 생각하니 어제가 깔끔하게 떠나준다는 거, 미련 없이 과거라는 창고에 들어가준다는 게 참 고마운 일이구나 싶네요. 애들 때는 곯아떨어지면 바로 다음 날이잖아요. 물론 지난 시간이 너무 행복해서 그 시간이 영원했으면 하는 분도 없지 않겠지만, 속절없이 흘러가준다는 것도 뭔가 큰 뜻이 있는 걸 겁니다. 어제가 떠나가주니 오늘이 있고, 그래서 또 미래로 한 발짝 더 다가가는 거지요.

음악은 인간을 다른 존재로 만듭니다

그저께 월요일이었죠. 강릉에서 불후 록 페스티벌 공연을 했는데 수많은 관객, 그리고 열정을 불사르는 후배들과 함께 꾸민 무대는 말 그대로 한여름 밤의 꿈이었습니다. 자정이 가깝도록 공연이 펼쳐졌는데 6천~7천 명 되는 관객 중에 자리를 뜨는 사람이 거의 없더군요. 음악이 도대체 뭘까 다시 생각해보는 기회가 됐습니다. 추억인가? 환희인가? 위론가? 답을 찾을 수는 없었지만 눈앞에 펼쳐지는 광경을 보니 음악이 인간을 어떤 다른 존재로 만들어주는 것 같았습니다. 페스티벌은 너와 나 사이에 가로놓인 벽을 허무는 그런 행위 아닐까요? 무대 위의 음악인들과 청중이 다 함께 하나가 되는 무경계의 세상! 음악 형제라고나 할까요? 하여간 행복한 공연이었습니다.

기억상실이 우리의 일상은 아닐까

오늘 아침에 불쑥 그런 생각이 들었어요. 흔히 영화 소재로 다뤄지지만 내가 기억상실증에 걸린다면 얼마나 무서운 일인가. 근데요, 그게 꼭 영화 속 이야기나 진짜 극적인 사건이 아니고, 우리가 겪는 일상은 아닐까 하는 생각이 든 거예요.

제가 어렸을 적 살던 동네에 큰 건물이 있었는데, 그걸 무너뜨리고 새 건물을 짓기 시작했어요. 한 4~5년은 족히 걸린 것 같아요. 옛 건물이 남아 있을 땐 어린 시절 추억이 담긴 풍경이 고스란히 남아 있었죠. 건물이 부서져도 가림막 너머 그 풍경은 살아 있었어요. 옛 흔적은 어디에도 없는데도 마음속에서 지워지지 않았던 거죠. 그런데 새 건물이 완공되고 위용이 드러나니까 마음속에 남아 있던 추억이 희미해지더군요. 아스라하단 말밖엔

할 게 없어요. 안타깝지도 슬프지도 않아요. 그저 이렇게
사라지는구나. 혹시 이런 것도 기억상실이 아닐까.

영원한 봄보다 가는 봄

이번 주 내내 좋은 날씨에 감탄하다 그런 생각을 했습니다. 요즘 어딜 가나 AI다, 로봇이다, 자율 주행 자동차다, 마치 미래 사회가 현관문 앞까지 와 있는 것처럼 얘길 하는데요. 세탁기 돌리고 청소기 쓴다고 현대사회가 된 게 아니듯 미래의 세상도 그런 신기한 물건들로 채워진다고 멋진 신세계가 되는 건 아닐 거예요. 아이큐 200이 넘는 컴퓨터가 곧 등장할 것처럼 얘기하지만 그렇게 똑똑한 컴퓨터보다 감사드릴 줄 아는 기계가 더 멋진 기계 아닐까요? 영원한 봄날을 꿈꾸기보다 가는 봄을 아쉬워하며 '봄날은 간다' 노래를 구성지게 부르는 게 더 로맨틱하지 않을까요?

누구나 겪게 될 그 아침

며칠 전에 아는 분 어머님이 갑자기 돌아가셔서 문상을 다녀왔습니다. 갑자기 구한 장례식장에서 문상객을 맞는 상주의 손을 잡으니 피가 다 빠져나간 것처럼 맥이 없더군요. 말이 위로가 될 리도 없고…. 아직 올 자리가 아닌데 왜 왔을까 하는 표정으로 여기저기 앉아 있는 조문객들도 말이 없었습니다. 오늘 아침 문득 그날 밤이 떠오른 건 무슨 의미일까? 아직 남은 위로의 마음일까? 아니면 그 친구의 안부가 궁금해서인가? 아닙니다. 오늘도 누군가는 떠나겠지 하는 생각이 스쳤습니다. 이 아침이 누군가에게는 슬픈 아침일 수 있습니다. 그리고 그건 누구나 겪게 될 그 아침이기도 합니다.

이별의 도리

이거 완전히 썸 타는 거네요. 끝인 듯 끝이 아닌, 끝이 아닌 것 같아도 결국은 끝이고 마는 한 해의 끝자락입니다. 눈물 자국이 있던데 아쉬움에 겨울이가 흘린 모양입니다. 소리도 없이. 아쉬울 것도 없는 한 해가 간들 뭐 하겠어요. 기대할 것 없는 한 해가 오는 것 또한 대수롭지 않은 일입니다. 시작과 끝은 늘 물려 있던 것뿐 사나흘 남은 날을 새해를 가불해 온 것처럼 쓸 일도 아니고, 덤으로 받은 날처럼 팽개칠 일도 아닙니다. 멍에 같았던 한 해의 노고를 조금이라도 덜어주고 끝까지 이바지할 일을 찾아보는 게 이별을 앞에 둔 사람의 도리지요.

왜, 하고 싶은 말이 입에서 뱅뱅 돌아도 선생님이 "반 애들 앞에 나가서 해봐." 그러면 모든 말에 책임져야 할 것 같고, 틀리면 어떡하나 해서 빼게 되잖아요. 반장이라면 모를까 저처럼 반장도 아닌 애한테 "너, 올 한 해 보내는 마음을 생각나는 대로 말해봐." 하면 그냥 책상에 엎드려 자는 척할 것 같아요. 제가 얘길 하면 애들이 들어보지도 않고 무턱대고 낄낄댈 게 뻔했거든요. 저도 트라우마가 있어요. 애들이 제 말은 무조건 무시했으니까요. 또, 또 괴상한 소리 한다고 하면서요.

그런데 솔직히 아직도 모르겠습니다. 또 먼 길을 내가 떠나는 건지, 아니면 누군가를 무언가를 떠나보내야 하는 건지. 틀림없이 이게 이별이 아닌데 뭔가를 떠나보내는 척을 한다는 게 너무 웃겨요. 또 내일이면 누군가를 새로 만나는 것 같아하는 것도 거짓말이고. 오늘 아침 달이 둥그렇게 떴더군요. 제 눈에는 그것만 보였어요.

시간은 눈물의 씨앗

날짜 잘도 간다 하면서 휴대폰 달력을 보다가 문득 시간이야말로 눈물의 씨앗이구나 하는 생각을 했습니다. 나훈아 씨죠? '사랑은 눈물의 씨앗'이라는 노래가 찾아보니 1969년에 발표됐더군요. 사랑은 눈물의 씨앗이라, 참 기가 막힌 가사예요. 사랑을 뿌리고 가꾸었더니 눈물이 피어났다는 거 아니에요. 마찬가지로 사랑도 씨앗이 있다면 그게 시간 아닐까요. 그러니 시간이야말로 눈물의 원천이에요. 근데 여기서 흘리는 눈물은 꼭 슬퍼서가 아닐지도 몰라요. 감동, 기쁨의 눈물일 수도 있지요. 새들도 시간을 알까 하고 어리석은 질문을 잠깐 해봤는데요. 제 생각엔 알고 있는 것 같아요. 언제 알껍데기를 깰지, 언제 날아오를지, 언제가 아침인지 밤인지 아는 걸 보면 시간개념이 있는 거 아녜요. 하긴 나무나 풀들도 철이 있

잖아요. 이야기를 하다 보니 산천초목이 다 아는 시간에
끌탕할 일이 아니군요.

자투리 시간의 값

요즘에는 물건이 넘쳐흐르지만 옛날엔 어디 그랬나요? 애들 옷 뜨다 남은 실 모아두고 종이도 모아두고 뭐든지 남으면 자투리를 모아놨어요. 애들이 제일 질색하는 옷이 그 자투리로 떠준 알록달록한 스웨터였습니다. 흥부네 집 애들 입힌 누더기 옷도 다 자투리를 기워서 만드는 거예요. 요즘에 그런 거 구경하려면 품바타령하는 연극판에나 가야 할걸요?

어떤 일이 생각보다 일찍 끝났다든지, 중요한 일을 두고 시간이 남았다든지 할 때 자투리 시간이라고 생각하잖아요. 그렇게 내 인생에서 없다고 친 시간이 얼마나 될까 생각해보니 어처구니가 없네요. 제가 싫어하는 격언 중의 하나가 "시간은 금이다."인데요. 잃어버린 자투리 시간 생각하니 금값 못지않겠다 싶기도 합니다.

그리움은 집요한 결핍

오다 길에서 얼음을 봤어요. 그게 뭐라고 반가운 거 있죠. 성산대교 위에 물이 얼어 있던데 영하이긴 한가 봐요. 하긴 엊그제 저녁 동네 길을 내려가는데 붕어빵 아저씨가 계시더라고요. 지나가던 차들이 멈춰 서서 겨울을 한 봉지씩 사 가더라고요. 줄 사람도 없는데 저도 한 봉지 사고 싶더라니까요. 붕어빵 하나에 온기가 있으면 얼마나 있겠어요. 붕어빵, 군고구마, 호떡, 군밤…. 그리움을 사 먹는 건지도 모르죠. 근데 배고픈 건 밥 먹으면 채워지고, 갖고 싶은 건 백화점 가면 되는데, 이 그리움이란 건 잘 안 채워지는 것 중에 하나예요. 참 집요한 결핍입니다.

감사도 습관이구나

오늘 아침에 뭇국을 먹는데 괜히 죽은 동생 생각이 나더라고요. 걔가 좋아하던 국은 김칫국인데…. 요즘은 식생활이 많이 바뀌어서 국 끓이는 집이 많지 않은 것 같던데 옛날에는 밥하고 국은 꼭 있어야 했잖아요. 아침밥 같은 경우는 반찬은 손댈 생각도 못 하고 국에 밥을 말아 후루룩 먹고 집을 나서기 일쑤였습니다. 따뜻한 국 한 그릇의 온기가 힘든 하루를 버티게 해주는 밥심이었지요.

문득 형제들이 아침 밥상에 둘러앉은 광경이 떠올랐는데, 얼마나 가슴 저리게 그리운 풍경인지…. 불현듯 너무 오래 감사를 잊고 살았구나 싶었습니다.

일요일은 인스턴트

일요일은 깔끔하게 포장된 인스턴트 음식 같아요. 월~목요일의 보통날은 냉장고에 늘 있는 밑반찬 같고요. 그냥 포장도 안 돼 있고 플라스틱 통에 담겨 있어서 먹을 때마다 조금씩 덜어 먹고 또 넣어놓고, 맛은 맨날 그 맛이 그 맛이고. 그런데 일요일 아침은 인스턴트이긴 해도 포장이 따로 돼 있는 거예요. 비록 내가 조리해야 하는 번거로움은 있지만 식구들 먹을 때 껴서 먹어야 하는 강제도 없고. 일찍 포장을 뜯을 수도 있고 좀 천천히 맘 내킬 때 끌러도 상관없는. 맞아요. 나만의 일요일을 요리하는 레시피가 있으면 좋을 것 같아요. 맛있게 요리해보세요. 재료가 없다고요? 조리 기구도 없다고요? 그래서 라면 일요일이 될 것 같다고요? 아이고, 현실 일요일입니다.

모진 바람에 문풍지를 붙여봅니다

겨울바람 사이로는 장갑도 없이 퇴근길에 동태를 사 들고 언덕을 올라오시던 아버지의 모습이 얼핏 보이고, 겨울 가로수에는 끝내 돌아보지 않고 가버린 그녀의 발자국이나 애인의 생일 케이크 하나 살 수 없는 궁박한 호주머니에 찌르고 걷던 부끄러운 내 손바닥이 새겨져 있을 것만 같습니다. 그러고 보면 겨울이 모진 이유가 춥기 때문만은 아닐지도 모릅니다. 겨울바람에 아픈 기억과 쓸쓸했던 마음이 얼어서가 아닐까요? 황소바람 못 들어오게 행복했던 기억으로 문풍지를 붙여봅니다.

어른들은 입김이 풀풀 나는 이런 날씨에 김장 맛있겠다고 하셨더랬습니다. 그리고 집안에 행사가 있는데 추적추적 비가 오거나 눈이 오거나 하면 귀찮아하기보다 귀한 손님이나 오시는 듯 상서로운 일로 여겼습니다. 기쁜 일이 꼭 그렇게만 생긴 것도, 궂은일이 꼭 그렇게 험상궂은 모습으로만 오는 게 아닙니다. 오늘 아침의 이 경쾌한 도발은 새로 산 패딩 옷을 입어보라는 윙크 아닐까요.

마음은 하나뿐입니다

얼마 전 뉴스를 보다가 그런 생각이 들었습니다. 지구 저쪽 끝에서 일어난 일인데 저한테까지 전해지는 게 신기하기도 했지만 그게 뭐 좋은 소식도 아니었어요. 재앙에 가까운 참사 소식이었는데 아침부터 그런 소식을 접하고 나니 생각지도 않은 불안감이 이는 거예요.

동정심이나 안타까운 마음이 들어서도 아니지요. 그냥 막연한 불안이 엄습해 와요. 그러고 나니 정신이 번쩍 들더군요. 요즘엔 어린이들이 부모님과 휴대폰 가지고 실랑이를 벌이면서 사춘기 반항기를 맞는 것 같던데, 휴대폰 사용이 정서와 지각에 미치는 영향을 분석하고 지혜를 모아봐야 할 것 같아요. 아니, 어른도 그냥 거리를 걷다가도 어디서 날아왔는지도 모르는 돌팔매 같은 소식에 불안한 심정이 되는데 아이들이 자꾸 험한 뉴스를 접하는 거 결코 간단한 일이 아닐 것 같습니다. 물론 휴대폰의 좋은 점은 일일이 열거할 필요도 없지요. 하지만 마음은 단 하나입니다. 아이들의 마음을 지켜주세요.

개미의 고난

큰 개미 한 마리가 별것도 아닌 무슨 나뭇잎 같은 걸 물고 가더라고요. 제 몸의 두 배는 돼 보이던데 무겁지도 않나? 아니다. 무겁긴 무거웠나 봐요. 하여간 낑낑거리며 갖고 가는데 참 고달파 보이더군요. 장애물이 있다고 피해 가길 하나 완전 초보 운전처럼 무조건 직진인데, 암만 포장해놓은 길이라도 개미들한테는 험로 그 자체였습니다. 그날도 꽤 더웠는데 다행히 개미가 더위는 안 타나 보더라고요. 그거 한참 보고 있는데 개미한테 날벼락이 떨어졌어요. 하필이면 제 땀방울이 개미한테 떨어질 게 뭐예요. 느닷없는 물세례를 받고는 갖고 가던 것도 팽개치고 도망을 치는데 어찌나 미안하던지. 개미야, 미안하다.

마냥 좋은 일도 주야장천 궂은일도

왜, 달면 삼키고 쓰면 뱉는다고 하잖아요. 또 세상일을 좋은 일, 즐거운 일과 나쁜 일, 궂은일로 나누기도 합니다. 착한 사람과 악역 전문 빌런을 구분하기도 하지요. 오늘은 갑자기 나쁜 일은 나쁘기만 할까 하는 생각이 들었어요. 희망을 갖고 살다 보면 진짜 쥐구멍에도 볕이 드는 건지, 절망을 내 힘으로 딛고 서야 희망이 보이는 건지는 몰라도 아무튼 동전의 양면처럼 희망이나 절망도 한 몸인 것 같다는 생각이 많이 들어요. 뭐든지 양면성이 있는 거지요. 그러니 마냥 좋은 일도 주야장천 궂은일도 없는 거 아닌가 싶어요.

일이 뜻대로 안 된다고, 그걸 나쁜 징조라고 섣불리 생각하는 것도 좀 경박한 걸지 몰라요. 겨자를 넣어야 냉면 맛이 살고, 그렇게 마셔대는 커피도 쓴맛이 기본이잖아요. 씀바귀도 그렇고, 고들빼기나 몸에 좋다는 익모초도 얼마나 쓴데요. 잠깐 쌉싸름한 맛이 난다고 무조건 내칠 일이 아닌지 모르니 원인 모를 우울이나 자주 걸리는 빨 간 신호에 너무 예민해지지 마세요. 뭔가가 나를 보호하 는가 보다 하고 넘기는 것도 좋겠습니다.

이태원, 누구나의 안녕을 비는 마음

애도의 말씀을 드리려고 해도 입을 떼는 것조차 민망하고, 위로를 하고 싶어도 어디에서부터 어떻게 해야 할지 알 수가 없습니다. 길바닥이 거울이 되어 고스란히 세월호를 비추고 있는 게 저만의 착시가 아닐 겁니다. 행복하기만 해야 할 수학여행길에도, 즐겁기만 해도 부족한 축제의 거리에도 젊음을 맡기기 어렵다면 도대체 청춘을 담을 그릇이 있기나 한 건지…. 참으로 원망스러운 일입니다. 불행을 기억하는 것과 위험이 사라지는 것은 별개의 일입니다.

잊지 않았다고 저절로 안전해지는 건 아니라는 말씀입니다. 안전한 시설보다 먼저 갖춰야 할 것은 누구나의 안녕을 비는 마음이 아닐까 싶네요. 정말 속상합니다.

계획 짤 시간에 체조 한 번

오늘은 또 뭘 하나 하다 어릴 적 생활 계획표 짜던 생각이 났습니다. 일단 하루라는 동그라미를 그립니다. 거기에 자는 시간, 공부하는 시간, 밥 먹는 시간, 그리고 빠지지 않고 휴식을 넣습니다. 뭘 했다고 휴식이라고 하는지는 모르지만, 하여간 공부라는 노동을 했으니 그 시간만큼은 꼭 확보해놔야 했습니다. 그리고 할당된 시간마다 색칠을 했는데 자는 시간은 까만색, 공부 시간은 빨간색, 휴식은 파란색, 이렇게 구분을 해놨잖아요. 그런데요. 제일 중요한 것은 생활 계획표 짜는 동안에도 이건 아닌데, 이거 된 적이 없는데, 이 불순한 생각이 계속 들었다는 거지요. 저만 그런 게 아닐 겁니다. 계획도 좋고 다 좋은데 그거 짤 시간이면 아침 체조를 한 번 더 하겠습니다.

첫사랑에게

매미 소리가 어쩜 그렇게 아련한지, 첫사랑의 기억을 소환하는 소리 같더군요. 맞아요. 그때도 수박이 익어가는 계절이었고, 당신은 읽지도 않은 소설을 읽은 척하고 있었어요. 조금 멋있게 보이려고, 그 당시 인기 많던 홍콩 배우의 미소를 지으려고 노력하는 게 보였어요. 그래서 당신이 웃을 때마다 당신의 어색한 얼굴 위로 그 멋진 배우의 얼굴이 겹쳐졌어요. 그런 것 가지고 너무 슬퍼하실 필요는 없어요. 어쨌든 수십 년이 지났어도 당신의 모습은 매미가 울 때마다 떠오르니까요. 물론 아직도 그 홍콩 배우의 얼굴이 더 또렷이 기억나지만…. 선명한 게 다는 아니에요.

마음은 한 번도 햇볕을 못 쬐고

가을 길을 달리면서 '가슴에도 창문 하나 낼 수 있으면 좋겠다.' 생각했습니다. 머릿결을 스치는 바람은 시원한데 가슴은 답답한 거예요. 이럴 때 마파람 들어오게 들창을 열어놓을 수 있으면 좋잖아요. 그러고 보니 마음은 태어나서 한 번도 햇볕을 못 쬐었네요. 그렇게 수십 년 쌓였으면 그런 어지러운 방이 없을 텐데⋯. 오늘 아침에도 들여다보니 거의 빈방입니다. 약간의 후회와 희미한 기다림과 웅크린 희망 정도가 있을 뿐입니다. 맞아요. 잊는 게 마음 청소입니다. 망각이야말로 마음의 환기예요. 그때그때 비워내는 게 맞아요.

병 속의 시간

제 방 책상에는 한 20년 된 잉크가 있습니다. 20년 더 됐을지도 모르겠네요. 만년필에 넣어 쓰는 검은색 잉큰데요. 뭐, 요즘 만년필 쓸 일이 있나요? 가끔 가사를 끄적이거나 공연 레퍼토리 정리할 때 정도나 잉크를 묻혀보지요. 근데 어제 보니 그것도 다 썼더라고요. 펜촉 끝을 겨우 적시는 잉크병을 보고 있자니 모든 게 이렇게 끝이 있겠지 싶더라고요.

멜로디도 훌륭하지만 가사가 기가 막힌 노래지요. '타임 인 어 보틀^{time in a bottle}'이 병 속에서 흘러나올 것만 같았습니다. 문득 병 속의 시간, 앞뒤를 바꿔서 시간 속의 병이라 해도 말이 될 것 같아요. 시간이 지나면 비워지는 참기름병, 화장품병, 술병…. 병들은 비워지고 가을은 맛있게 익어갑니다.

지우는 게 쓰는 것보다 힘듭니다

엊그제 써놨던 〈아침창〉 오프닝 멘트를 지우면서 그런 생각을 했습니다. 4월 초부터 쌓여 있던 거라 50몇 개였는데요. 쓰는 거에 비해서 지우는 게 쉽다고 생각하며 지웠어요. 얼마나 쉬워요. 빨간 글씨로 되묻잖아요. 지우시겠습니까? '예'를 누르면 망설임 없이 지워져버립니다. 50몇 개 날아가는데 1분도 안 걸린 것 같아요. 다 지웠다고 생각하고 새 오프닝을 쓰려고 하는데⋯. 지난봄 생방송을 하러 달려가던 그 길의 나무들, 강물, 자전거 타는 사람들, 아름다운 봄꽃들이 다 생각나는 거예요. 어느 것하나 오프닝 멘트에 담기지 않은 게 없었습니다. 그러고나니까 그때서야 떠오르더군요. 내가 지운 건 글자지 오프닝은 아니구나 하고 말입니다. 오늘 쓴 글도 어느 날엔가 지워버리겠지요. 그러나 어떤 흔적으로든 남아 있을

것 같아요. 지우는 게 쓰기보다 힘듭니다. 사랑도 그렇겠

지요.

받을 사람 없는 인사가 종이비행기처럼

떠나보낸 사람이 없는데 방금 누군가가 가버린 것 같은 가을 아침. 헤어짐이 스낵도 아니고, 영화 장면이 바뀔 때마다 한 줌씩 집어 먹는 팝콘처럼 자꾸 집어삼킵니다. 4월이면 늘 생각나는 장국영처럼 가을에 떠오르는 드라마들이 있습니다. 제목도 잊었고 함께 찍은 여배우도 잊었는데, 왜 초라했던 내 행색과 가족들 옹기종기 모인 세트장의 사글세 단칸방은 기억이 나는지…. 떨어진 잎새 사이로 보이는 하늘처럼 해진 기억들을 꿰매어 남루한 추억을 만듭니다. "잘 지내시나요?" 누구의 안부를 묻는 건지, 받을 사람 없는 인사가 종이비행기처럼 힘없이 떨어집니다. 가을은 그렇게 종이비행기인지도. 멀리 못 날고 언제나 내 눈앞에 떨어지던….

만남이 또 이별이

아침 날씨가 갓 빨아 널은 빨래 같습니다. 아주 깨끗해요. 어젯밤에 비가 와서 그런 것 같아요. 저는 비 내릴 때 충무로에 있었습니다. 밤 촬영을 해야 하는데 야외 신이었어요. 비 그칠 때까지 다들 하늘 쳐다보며 기다리는데 하늘이 아셨는지 멈춰주시더라고요. 그래도 울음 끝에 훌쩍이는 것처럼 나무에서 빗방울이 떨어져서 양복은 말려 입어야 했습니다. 드라마 마지막 회 분량이라 끝나고 꽃다발을 주는데 찡하더군요. 티는 못 내고 쿨한 척 받았는데, 이것도 또 한 번의 헤어짐이구나 싶었습니다. 아침에 일어나니 어제 의상 스태프가 신겨준 양말이 발치에 있어요. 주고 왔어야 되는데 또 만나자는 약속이구나 하고 신고 나왔습니다. 오늘도 어딘가에선 만남이, 또 어딘가에선 이별이 있겠지요.

오늘 아침은 그냥 춥기로 합니다

왜, 이별을 겪고 나면 시간이 필요하잖아요. 잔상처럼 남아 있는 그 사람의 흔적이 지워질 때까지, 습관이 돼버린 그 사람의 아침 문자와 루틴이 돼버린 그 사람의 미소가 허들이 돼서 무던한 일상을 덜컹거리게 만듭니다. 두꺼운 장갑을 꼈는데도 손이 시리더군요. 이제 이 추위도 익숙해지겠지, 이 정도면 푹하네 하는 날이 곧 오겠지, 그때쯤이면 가을도 영영 떠나버린 거겠지, 오늘 아침은 춥구나. 맞아. 나는 가을을 사랑한 거야. 겨울은 추운 계절이고, 아직은 겨울을 맞을 준비를 하고 싶지 않아요. 이별을 계획하는 건 가을에 대한 예의가 아닌 것 같아요. 그래서 오늘 아침은 그냥 춥기로 합니다.

다시 태어나도 똑같은 나로

요즘엔 그런 모임은 아예 흔적도 없지만 선후배 디제이와 피디들이 모여 다과나 맥주 정도 나누면서 얘기하는 자리가 있었어요. 흥이 오르면 가수 출신 디제이들은 노래도 한 자락 하고요. 그런 데서 후배 디제이한테 얘기를 해주곤 했어요. 디제이가 갖춰야 될 게 언변이나 성실성도 있겠지만 무엇보다 그 시간에 그 자리에 있어야 하는 사람이라고요.

  며칠 전 초저녁부터 잠이 쏟아져서 자다 한밤중에 눈이 떠졌는데 뜬금없이 내가 〈아침창〉을 안 하면 지금 무얼 하고 있을까 하는 생각이 드는 거예요. 여태까지 한 번도 생각해본 적이 없는데요. 그런 생각을 한 번도 안 해봤다는 것도 이상하고…. 근데요. 상상이 안 되더라고요. 그냥 멍해져요. 왜 농담처럼 얘기하잖아요. 다시 태어나도 지금의 아내나 남편이랑 결혼할 거냐고 물으면 "네." 하고 대답하는 부부 별로 없잖아요. 그런데 또 그런 질문 받으면 솔직히 다른 사람하고 같이 사는 상상도 잘 안 되거든요. 어쩐지 다시 태어나도 똑같은 나로 살 것 같은 예감이 듭니다. 그런 것처럼 〈아침창〉을 안 하는 제가 감히 떠오르지 않더라고요. 한밤중 깨어나 괜히 전기세만 나갔네 하고 불 끄고 잤습니다. 오늘도 행복한 아침입니다.

역시 함께 사는 게 맞아요

저는 아직도 혼자 있는 거에 적응을 잘 못 하는 것 같아요. 특별히 할 일이 없는 걸 어떻게 받아들여야 할지를 모르겠더라고요. 그걸 심심하다고 하는 게 맞는지, 아니면 한가하다, 여유롭다 하는 게 마땅한 건지…. 얼마 전 그날도 귀뚜라미 뚜루루 울고 있는데, 공연 전날이어서 어디 나다닐 형편이 아니었어요. 갑자기 텅 빈 시간 속에 떨어진 느낌이더군요. 오롯이 혼자 있으면 자신의 존재감이 더 드러나는 게 아니라 오히려 희박해지는 거 같지 않으세요? 사람은 역시 함께 사는 게 맞아요. 누가 날 기다려줄 때, 나 또한 누군가를 간절히 원할 때 내 모습, 내 처지가 또렷해지지요. 〈아침창〉 가족들, 우리 늘 함께해요.

혼자 보기 아까운 하늘이

왜, 맛있는 거 먹을 때 누구 생각난다고들 하잖아요. 어디서 맛있는 북엇국 먹을 때면 '아이고, 술 좋아하시던 아버님 생각나네.' 하기도 하고, 쌈장 만들어 상추를 먹다가도 '내가 끓이면 엄마 된장찌개 맛이 안 나.' 하고 엄마 생각에 젖기도 합니다. 오늘 아침 보니 무슨 가을 아침 같기도 하고 뭔가 싱그러운데, 아 진짜 혼자 먹기 아까운 그런 날인 거예요. 이거야말로 택배로 보낼 수 있으면 하늘에 계신 아버님하고 막내한테도 좀 보내고, 오랫동안 연락 못 한 친척들한테도 좀 싸서 보내고, 친구들이나 그 밖에 고마웠던 분들에게 한 귀퉁이 떼서 보내드리면 좋겠다 싶었습니다. 그러고 생각하니 오늘 집집마다 참 멋진 택배가 와 있는 거네요.

내 자국도 누군가의 길을 밝혀주었으면

12월 중순, 길이 젖어 있던데 밤새 비가 내렸나 보더군요. 7시, 아직은 사위가 어두운 시간이었죠. 검은 길을 따라 오는데 길 가운데 더 진한 검은색은 물웅덩이예요. 그런 물구덩이를 피해서 성산대교쯤 오니까 밤이 벗겨졌어요. 벌써 몇 년째 있는 안양천 합수부 공사장 앞을 지나 강둑의 산책길에 올라서니 길에 누군가 지나간 자전거 바퀴자국이 나 있어요. 실을 풀어놓은 것 같은 그 자국은 비틀거리며 걸어간 어떤 이의 삶의 자국이었습니다. 나는 어떤 자국을 내며 살아왔을까? 돌아보지 않았지만 내가 남긴 자국도 누군가의 길을 밝혀주었으면 하고 기도해봅니다.

두근거리는 기다림도 사치가 되어버렸다

가로로 스무 칸, 세로로 열 칸. 20 곱하기 10 해서 생겨나는 게 2백 자 원고지다. 세로로 놓고 쓰기도 했지만 가로로 놓고 쓰는 게 일반적이었는데, 원고지 가로로는 밭이랑처럼 칸과 칸 사이에 여백의 줄이 있었다. 그 줄은 행과 행 사이의 간격을 잡아주는 역할을 했다. 만약에 그 '간격'의 거리감이 없었다면 원고지에 적힌 글이 그토록 우아하지는 않았을 것이다.

텅 빈 원고지를 바라보고 있다. 아직은 아무 생각이 없지만 펜엔 이미 잉크를 묻혔다. 잉크에선 신선한 피 냄새가 난다. 원고지 첫째 줄 스무 칸은 비워놓고 둘째 줄 중간쯤에 제목을 적기 직전이다. '사라지는…'의 작은따옴표 하나 적자고 원고지 한 칸을 쓰기는 좀 아깝지만 과감하게 한 칸을 배정하고 '사', '라', '지', '는'을 한 칸에 한

5장 이별을 계획하는 건 예의가 아니라서

자씩 쓴다. 점은 한 칸에 두 개씩 찍는다. 그렇게 제목을 쓰고 나면 행을 바꾸고 오른쪽에서 두 칸이 남게 이름을 적어 넣는다. 그러고는 다시 한 줄 스무 칸을 비워놓고 그 밑의 줄부터 써 내려가기 시작한다.

글이 잘 달릴 수 있게 하려는 배려일까? 글 시작의 첫째 칸은 육상 선수들이 시합 때 스타트 라인에서 한쪽 발로 딛고 있는 스타팅 블록처럼 비워져 있다. 펜이 그 첫 칸을 지나갔다면 글이 쓰여 있어야 한다. 그러나 글은 그렇게 잉크 새듯이 나오진 않는다. 원고지를 앞에 두고 앉아 있으면 늘 뛰어내리지도 못할 벼랑 끝에 앉아 있는 기분이다. 한 발짝 뒤로 물러서고 싶지만 벼랑 끝에서만 보이는 풍경이 따로 있어 쉽게 뒷걸음질 쳐지지도 않는다.

수많은 세월의 탄식이 갈매기 울음소리로 파도 소리로 바람 소리로 들려온다. 마른 펜에 다시 잉크를 묻혀 그 소리를 받아 적는다. 2백 자 원고지의 붉은 줄 칸 안에 검정 먹글씨가 새겨진다. 펜이 원고지 위를 달리는 소리가 바람에 떨리는 아기 대나무 잎에서 나는 그 속삭임 같다. 생각과 생각 사이 떨림과 떨림 사이에서 글이 나온다. 페이브먼트를 또각또각 걷는 하이힐 신은 여인의 발자국 같은 글씨가 있는가 하면 거나하게 취해 어느 한쪽 발도 땅에서 떨어지지 않는 취객의 발걸음 같은 글씨도 있다. 어떤 걸음이든 다 인생의 걸음이어서 원고지를 휘젓고 가는 그 발자국마다 사람 냄새가 물씬 풍긴다.

글은 풀어진 그림이다. 철자 한 획 한 획 그어질 때마다 형태가 생기고 색이 더해진다. 그것은 풍경화가 되었다 인물화가 되었다. 어느 순간엔 바람도 그려지고, 붉은 피 철철 흐르는 심장이 되었다 차가운 눈물이 그려지기도 한다. 2백 자 원고지는 거대한 캔버스가 된다. 거기에 '토지'가 펼쳐지고 '태백산맥'이 이어지고 '인간시장'이 들어섰으며 '영자'가 찾아오기도 하고 '철수와 미미'의 사랑이 수채화처럼 그려지기도 했다. 가만히 보면 2백자 원고지 빈칸마다 맥박이 뛰었으며, 그 빈칸마다 생의 순간이 담겼다.

원고지가 어떻게 종이일 뿐이며, 그 위의 글씨가 어찌 기록일 뿐이랴. 2백 자 원고지는 아직 안 적어 내려간 삶이고 아직 말하지 못한 소망이고 아직은 이루지 못한 사랑이다. 2백 자 원고지가 사라진다. 이제는 삶과 사랑을 인터넷이나 휴대폰에 쓴다. 2백 자 원고지에 양파즙으로 써 내려간 비밀 연애편지에 불을 비춰볼 여유도 없다. 이 시대의 우리에겐 두근거리는 기다림도 사치가 돼버렸다.

-《조선일보》,〈빨간 칸 '200자 원고지' 없으니…

글 쓰는 두근거림도 없구나〉

오늘은 낙담하기에 이르고

똑같은 날이 끝없이 반복되는 것 같아도 그럴 리가 없습니다.

오늘은 낙담하기에 너무 이른 시간이고 내일은 후회하기에 너무

늦은 시간이에요.

좀 힘들어도 어쨌든 지금은 포기할 때가 아닙니다.

/

주말 아침 전축을 틀어놓고 음악을 듣다 보면 '해주는 밥이 맛있

다.'라는 말이 실감 날 때가 있어요. 어쩜 그렇게 아름다운 멜로디

들을 쓰는지. 또 정성스럽고 정성스럽게 연주하는 걸 듣고 있으면

인생의 호사가 별거냐 싶은 기분이 듭니다.

왕이 된 것 같아요.

누가 내 무릎 발치에서 나만을 위해 노래를 불러주겠어요.

무심히 인생 곁을 스치는 바람 같은 선율이지만 내 생을 채우기엔
충분합니다.
더 바랄 것 없는 아침이 되시길 바랍니다.
소박한 희망마저 무너뜨릴 거창한 꿈이라면 차라리 안 꾸겠습니다.

/

어제는 오후 내내 바람이 거칠었지요. 뭔가를 쓸어 가려는 듯이.
버리고 싶은 것들을 그 가을 바람에 날려 보냈어야 하는데, 밤새
이불깃처럼 끌어안고 아침을 맞았습니다.
근데 오늘 아침의 인자한 햇살을 보니 어제 가을 바람이 가져가고
싶었던 게 혹시 '사람들 사이의 모진 미움' 아니었나 하게 됩니다.
마음을 가을볕에 널어놓고 싶습니다.

/

추억이 없는 사람은 고향이 없는 거나 마찬가지예요.
마음이 힘들 때 언제든 돌아갈 수 있는 즐거운 추억이 있다면 그게

마음의 고향이지요.

/

마음은 안 그런데 퉁명스럽게 말하고 근심으로 하루를 시작하는
건 자신에게는 물론이고 아침에 만나는 천사들에게도 할 태도는
아니지요.

/

우리가 계절의 참맛을 모르고 지나가는 건 긍휼히 여기는 마음이
부족해서인지도 모릅니다.
뭐든 애틋하게 보면 아름답고 귀한 것이 보일지도 모릅니다.
꽃비로 내리는 봄의 교향곡이 슬픈 곡조인지 몰라도 아름다울 수
는 있잖아요.

/

내 팔을 뻗어서 잡을 수 있는 건 겨우 책상의 볼펜 정도고 내가 들을 수 있는 건 겨우 길 건너의 차 소리 정도인데, 내가 볼 수 있는 건 저기 봄이 오는 들녘 너머까지라는 게 새삼 경이롭습니다.

/

원래 사람의 체온이라는 게 그래요.
적정 체온이 36.5도에서 위아래로 0.5도 정도니까 겨우 1도 남짓한 거 아녜요.
아주 가는 실 위를 걷는 외줄 타기라고 생각하면 되는 거지요.
마음속은 요변덕을 떨고 상상은 우주를 떠다니는지 몰라도 오늘도 나를 지켜주는 건 태곳적부터 단 한 번도 쉰 적이 없는 나의 맥박과 자궁 밖으로 나온 뒤로 한 번도 멈춘 적이 없는 나의 숨결입니다.
오늘도 눈부신 계절을 흠뻑 들이켜세요.

/

가만히 보면 하루의 무게가 작지 않아요. 오늘은 여태까지 내 인생의 제일 마지막 날인 동시에 앞으로 살아갈 많은 날의 첫날 아니에요? 그게 오늘이라는 이름의 하루입니다.

/

추억을 빼면 인생은 빈껍데기입니다.

/

뭐, 어딜 가야 여행인가요? 오늘도 인생길 걷습니다. 어떻게 보면 다들 제 갈 길 가는 것 같지만 다 함께 가는 길이고, 똑같은 길을 앞서거니 뒤서거니 갑니다.

/

아직은 겨울이지만 곧 봄이 올 거라고 믿고 있으면 계절은 찾아옵니다.

/

가끔은 그런 생각이 들 때가 있습니다.

내가 받은 사랑만큼은 주고 가야 할 텐데. 애들은 점점 더 적게 낳

지요. 세상은 점점 더 넓어지지요. 받은 사랑 되돌려주고 가는 것

도 큰 숙제겠다 싶습니다.

/

우리는 지구가 얼마나 작은지 잘 압니다. 그런가 하면 빛을 잘라서

볼 만큼 짧은 시간을 만들어낼 줄도 압니다. 너무 크지도 그렇다고

너무 짧지도 않은 우리의 하루하루. 그리고 낫지도 않는 만성질환

월요병으로 시작해서 후불 카드 요금처럼 빠져나가는 주말까지의

일주일. 우리의 체온같이 체화된 이 평화로운 수레바퀴가 1년 내

내 잘 돌기를 바랍니다.

찌그러져도 동그라미입니다

초판 1쇄 발행 2024년 3월 28일
초판 11쇄 발행 2024년 9월 19일

지은이 김창완

발행인 이봉주 **단행본사업본부장** 신동해
편집장 김경림 **책임편집** 송보배 **교정교열** 강진홍
디자인 김은정 **일러스트** 최진영 최희종
마케터 최혜진 백미숙 **홍보** 허지호
국제업무 김은정 김지민 **제작** 정석훈

브랜드 웅진지식하우스 **주소** 경기도 파주시 회동길 20
문의전화 031-956-7358(편집) 031-956-7129(마케팅)
인스타그램 www.instagram.com/woongjin_readers
페이스북 www.facebook.com/woongjinreaders
블로그 blog.naver.com/wj_booking

발행처 ㈜웅진씽크빅
출판신고 1980년 3월 29일 제406-2007-000046호

© 김창완, ㈜에스비에스, 2024
ISBN 978-89-01-28068-4 (03810)